Elizabeth von Arnim, geboren am 31. August 1866 in Sydney, ist am 9. Februar 1941 in Charleston/South Carolina gestorben.

Drei kleine englische Mädchen zwischen fünf und sieben Jahren leben mit ihrer Mutter und ihrer französischen Gouvernante auf einem abgelegenen norddeutschen Gut. Als im April noch einmal das Thermometer weit nach unten sinkt, ist die Enttäuschung der kleinen Mädchen April, May und June groß und ihr Repertoire an Spielen im Haus rasch erschöpft. Die Mutter muß sich etwas einfallen lassen, um ihre Kleinen zu beschäftigen, zumindest deren Phantasie. Da fallen ihr englische Kinderreime ein, die einst ihre Mutter ihr beigebracht hatte. Die drei Mädchen sind begeistert, stellen aber auch so manche Frage, die gar nicht leicht zu beantworten ist...

Kinder bei Laune zu halten und ihre Phantasie anzuregen – vor diese Aufgabe sah sich Elizabeth von Arnim mit fünf kleinen Kindern nicht gerade selten gestellt. Die Mühelosigkeit, mit der sie ihre zahlreichen Romane schrieb, verdankt sie wohl nicht zuletzt der Übung, die sie durch Geschichtenerzählen erlangte. Mit diesem kleinen Text gibt sie gewissermaßen Einblick in ihren häuslichen Alltag. Wie stets tut sie das mit Scherz, Satire, Ironie und zuweilen tieferer Bedeutung.

Elizabeth von Arnim hat mittlerweile auch ihre deutschen Leser verzaubert: Die Verfilmung des Romans ›Verzauberter April‹ trägt dazu bei. Der ›Verzauberte April‹ und ihre Romane ›Elizabeth und ihr Garten‹, ›Elizabeth auf Rügen‹, ›Alle meine Hunde‹, ›Einsamer Sommer‹, ›Die Reisegesellschaft‹, ›Vera‹, ›Jasminhof‹ und ›Sallys Glück‹ zählen in den gebundenen wie in den Taschenbuchausgaben zu den Bestsellern des Insel Verlags. Und in der Bibliothek Suhrkamp ist erschienen: ›Der Garten der Kindheit‹.

insel taschenbuch 1722
Elizabeth von Arnim
April, May und June

Elizabeth von Arnim
April, May und June

Aus dem Englischen
von Angelika Beck
Mit einem Nachwort von
Kirsten Jüngling
und Brigitte Roßbeck

Insel Verlag

insel taschenbuch 1722
Erste Auflage 1995
Deutsche Erstausgabe

Hinweise zu dieser Ausgabe am Schluß des Bandes
Vertrieb durch den Suhrkamp Taschenbuch Verlag
Umschlag nach Entwürfen von Willy Fleckhaus
Satz: Fotosatz Otto Gutfreund GmbH, Darmstadt
Druck: Ebner Ulm
Printed in Germany

1 2 3 4 5 6 – 00 99 98 97 96 95

April, May und June

Die Frühlingskinder

Es waren einmal drei kleine Mädchen, die hießen April, May und June. Ihre Mutter hielt es für einfacher, sie nach den Monaten zu benennen, in denen sie geboren wurden, anstatt sich bei der Wahl zwischen Jane oder Susan oder Mary oder einem anderen normalen Mädchennamen den Kopf zerbrechen zu müssen. Eigentlich hatte sie ihre Älteste Jane nennen wollen, weil es ein so niedlicher kurzer Name ist; aber eine Tante, die in der Nähe wohnte, erklärte lauthals, allein schon die bloße Vorstellung stimme sie sehr traurig. Die Tante verehrte nämlich Shakespeare über alles und hätte das Kind schrecklich gern Ophelia genannt, und zwischen Ophelia und Jane besteht nun mal ein gewaltiger Unterschied; aber die Mutter wollte nicht, daß das Kind Ophelia genannt wurde, hatte aber auch keine Lust, sich auf eine ernste Auseinandersetzung einzulassen, also löste sie das Problem dadurch, daß sie das Kind nach dem Monat taufen ließ, in dem es zur Welt kam, und jedermann sagte: Wie sonderbar!

Nachdem sie einmal damit angefangen hatte, mußte sie natürlich weitermachen; aber zum Glück brachte der Klapperstorch nach dem Juni-Kind kein weiteres mehr, sonst weiß ich nicht, was dann geschehen wäre. Wie könnte man zum Beispiel ein Kind February nennen? Besagte Kinder lebten in Deutschland, und das ist auch der Grund, weshalb sie der Klapperstorch brachte. In England wird man aus einem Petersilienbeet gebuddelt, doch in Deutschland bringt einen der Klapperstorch. Er fliegt durch die Lüfte und hält einen im Schnabel, wobei man die ganze Zeit über wie ein rosa Würmchen zappelt, und dann klopft er ans Fenster des Hauses, für das man bestimmt ist, legt einen feierlich in ein schönes warmes Kissen, das gewiß schon bereitliegt, und man wird rundum in Flanelltücher gewickelt und bequem auf dem Kissen festgebunden, wo man nach der schnellen Reise durch den Himmel wieder zu Atem kommen und seine fünf Sinne ordnen kann. Genau das war auch mit April, May und June geschehen. Oft erzählten sie ihrer Mutter davon und behaupteten, sich recht gut daran erinnern zu können.

In der Winterwoche, über die ich nun berichten werde, waren sie etwa fünf, sechs und sieben Jahre alt. Es war die Woche vor Ostern, als es überhaupt nicht mehr Winter hätte sein dürfen; aber in jenen fernen Wäldern, wo sie lebten, schlug das Wetter manchmal merkwürdige Kapriolen, und nachdem es schon eine ganze Weile richtig frühlingshaft gewesen war, wurde es plötzlich sehr kalt.

Als es zu schneien begann, waren sie zunächst ganz begeistert, holten ihre Schlitten und Winterstiefel hervor, spannten den großen Hund ihrer Mutter vor den Schlitten und ließen sich auf den Wegen hin- und herziehen, und wenn er sie gegen einen Baum fuhr und sie in den Schnee schleuderte, lachten sie nur noch lauter. Aber am nächsten Tag lag der Schnee so hoch, daß er den Schlitten völlig bedeckte, den Kindern bis über die Knie reichte und in ihre Strümpfe drang, und da fühlten sie sich gar nicht mehr wohl; also blieben sie im Haus und machten die Geschenke fertig, mit denen sie ihre Mutter zu Ostern überraschen wollten.

Ein deutsches Osterfest ist etwas sehr Schönes, fast wie Weihnachten, nur werden die Geschenke nicht auf den Tischen um den Christbaum verteilt, sondern draußen im Garten versteckt, im Gras oder zwischen den Sträuchern, die meistens gerade auszuschlagen beginnen. Jeder beschenkt jeden; und dann gibt es da Eier jeglicher Art und Größe, die einen aus Zucker mit Schokolade drin, andere aus Schokolade mit Zuckerfüllung, und wieder andere aus Porzellan mit Geschenken inwendig, und außerdem eine Menge richtiger Eier, hartgekocht und so bunt gefärbt, daß die Hühner, die sie legten, staunen würden, und man ißt mehr davon, als einem guttut, und hinterher bereut man es.

April, May und June strickten Fäustlinge für ihre Mutter. Zu Weihnachten strickten sie Fäustlinge, und zu Ostern strickten sie Fäustlinge, und zu ihrem Geburtstag strickten sie Fäustlinge, so daß für ihre Mutter nie die Notwendigkeit bestand, sich mit dem Kauf von Fäustlingen abzugeben. Sie konnten alle sehr gut strikken, und ihre Mutter pflegte kurz vor einem dieser Festtage zu sagen, sie hoffe, der Weihnachtsmann oder der

Osterhase oder die Geburtstagsfee beabsichtige, ihr diesmal ein Paar Fäustlinge zu bringen, denn sie seien ihr lieber als alles andere. Dann freuten sich die Kinder, weil ihnen das Stricken leicht von der Hand ging, und es traf sich so gut, daß ihre Mutter zufällig das am liebsten hatte, was sie am liebsten anfertigten.

In zwei Tagen waren sie mit den Fäustlingen fertig, und noch immer schneite es weiter.

Da mußten sie auf ihre Puppen zurückgreifen, denn es schneite, als wolle es nie wieder aufhören. Nie hatte man ein solches Ostern erlebt. Die Leute gingen umher und sagten zu den Nachbarn, die ihnen begegneten: »Sie etwa?«, und konnten es gar nicht fassen. Die Fensterscheiben waren regelrechte Eisplatten, denn es herrschten weiß der Himmel wie viele Grade unter Null, und jede Nacht gab es härteren Frost als in der Nacht zuvor. Tagsüber erfüllte das Leuchten des Schnees die Zimmer mit einem wundervollen weißen Licht, die Kaminfeuer flackerten besonders lustig, und in den hübschen Zimmern ihrer Mutter, wo das ganze Jahr über Blumen blühten, egal, was draußen vor sich ging, und wo es stets nach Veilchen duftete, war es urgemütlich.

Zwei Tage lang spielten die Kinder also recht zufrieden mit ihren Puppen. Aber auch Puppen sind halt nur sterblich, und wie kann man erwarten, daß eine Puppe, die man zu Weihnachten geschenkt bekommen hat, um Ostern noch ganz ist? Womit sie nun spielten, waren kaum noch Puppen zu nennen, denn es gab zwar Arme,

Beine, Köpfe, Kleider, Perücken und Augen in Hülle und Fülle, aber eine vollständige Puppe suchte man in dem ganzen Haufen vergebens. June ging umher und ließ ein halbes Dutzend Augen in ihrer Tasche klappern, wie Erwachsene mit ihren Münzen klappern; und als ihre Mutter sie fragte, woher dieses Geräusch käme, zog sie eine Handvoll Glasaugen in verschiedenen Größen hervor. Sie sahen echten Augen derartig ähnlich, daß es ihrer Mutter einen richtigen Schock versetzte – eine Empfindung, als kehre sich einem plötzlich ganz schnell der Magen um.

Nach zwei weiteren Tagen hatten sie jenes Stadium beim Puppenspielen erreicht, wo man die Puppenbälge in Stücke zerhackt und kocht, Wachsstückchen erwärmt und Puddings daraus formt, aus der Kleiefüllung und dem Wasser, mit dem man sein Gesicht vor dem Abendessen gewaschen hat, unbekümmert Porridge zubereitet – das heißt, das Stadium, das ganz zum Schluß kommt, unmittelbar bevor man in die Ecke gestellt wird.

Und immer noch schneite es weiter.

Ihre Mutter, die währenddessen seelenruhig gelesen hatte, wurde allmählich unruhig, als sie merkte, mit welcher Inbrunst das Kochen im Nebenzimmer fortgesetzt wurde. Das Spielzimmer lag neben der Bibliothek, wo sie bei diesem kalten Wetter dasaß wie Polly Flinders und sich die Zehen wärmte; ab und zu stand sie auf, warf einen verstohlenen Blick ins Nebenzimmer und stahl sich dann leise wieder davon. Sie hätte am liebsten gelacht, doch beunruhigte sie die Vorstellung, daß Eckenstehen in naher Zukunft unvermeidlich werden würde, wie sie die drei so eifrig zerkleinern und zerstampfen und umrühren sah mit hochroten Wangen, aufgelöstem Haar, zusammengekniffenem Mund und einem sonderbar rachsüchtigen Ausdruck auf den Gesichtern, als gehe es bei dem, was sie taten, nicht bloß ums Kochen – etwa der Gesichtsausdruck derer, die endlich alte Rechnungen begleichen und es gar nicht gründlich genug machen können. Und wenn ihr nicht wißt, was rachsüchtig bedeutet, so schaut euch das Gesicht eures Kindermädchens an, wenn es euch das nächste Mal hinter einen Baum im Park führt, um euch ohne den geringsten Anlaß ganz unbehelligt durchzuschütteln, und ihr wißt, daß ihr die reinsten Engel gewesen seid.

Nach einer weiteren Stunde war ihr gesamter Restevorrat aufgebraucht, und sie hatten ein Gastmahl abgehalten, das sie jedoch ziemlich plötzlich beendeten, als sie merkten, wie langweilig es ist, nur dem Schein nach zu essen; und anstatt alles aufzuräumen und die Töpfe und Teller zu spülen, wie es brave Kinder tun, lehnten sie sich sodann trostlos gegen die Fensterbank, starrten durch kleine Löcher, die sie in das Eis auf den Scheiben gekratzt hatten, auf die weiße Welt draußen, drückten ihre Nasen platt und waren mißmutig.

»Don't push so, you awful June«, sagte April und versetzte June einen unwilligen Schubs. Obwohl sie deutsche Kinder waren, sprachen sie oft Englisch miteinander, und wenn es auch nicht ganz das Englisch war, das kleine Mädchen in England sprechen, so war es doch bestimmt nicht schlechter als das Deutsch, das englische Kinder im gleichen Alter vielleicht zu sprechen versuchen würden.

»I doesn't push«, sagte June einschmeichelnd und schob mit aller Kraft.

June war ein kleingewachsenes, dickes Kind und kam nicht so mühelos wie die beiden anderen zum Fenster hoch; außerdem hatte April mit ihren Fingernägeln herrlich große Augenlöcher ins Eis auf der Scheibe gekratzt, und nach denen lechzte June. Wißt ihr, was lechzen bedeutet? Es ist ein schreckliches Gefühl, das Leute erfaßt, wenn sie bei einer anderen Person Dinge sehen, die sie selbst gern hätten und nicht gekriegt haben, und sie meinen schier platzen zu müssen. June meinte wirklich platzen zu müssen, wenn sie nicht gleich zu Aprils Gucklöchern käme, also schob und drängelte sie aus Leibeskräften, und als April protestierte, wiederholte sie besänftigend: »I doesn't push.«

Aber auf diese Weise mochte sich April nicht vertreiben lassen, und als sie merkte, daß man ihr die Beine gewaltsam wegzog, stürzte sie sich auf June hinab, die sie nicht loslassen wollte, und beide rollten gemeinsam über den Boden, während May auf dem Fensterbrett saß, ganz begeistert die Absätze gegeneinanderschlug und ihre Schwestern mit Beifallsrufen anfeuerte.

Da trat Séraphine, ihr französisches Kindermädchen, ins Zimmer und schlug vor Entsetzen über das, was sie sah, die Hände über dem Kopf zusammen – ringsumher war alles mit Kleie und Puppenhaar bestreut, der Tisch mit den Resten des Festmahls bedeckt, das Sofa mit Töpfen übersät, und auf dem Boden balgten sich die beiden Kinder.

Séraphine war sanftmütig und zerbrechlich, als sie ins Haus kam, um die Kinder zu beaufsichtigen, aber das hatte sich längst gegeben, und sie war in der gesunden Waldluft kräftig und von der bekömmlichen Hausmannskost rund und rosig geworden, und mit ihrer Rundlichkeit und Rosigkeit hatte sich eine Entschlossenheit eingestellt, sich von den Kindern nichts bieten zu lassen; und diese, nachdem sie ihr während der ersten glückseligen Monate auf der Nase herumgetanzt waren, hatten zu ihrer leidvollen Überraschung erkennen müssen, daß Séraphine ihnen inzwischen auf unerklärliche Weise gewachsen war.

Auch diesmal war sie ihnen durchaus gewachsen. Zuerst schlug sie die Hände über dem Kopf zusammen und kreischte *Mon Dieu!* Dann befahl sie ihnen, den Saustall zu beseitigen, den sie da angerichtet hatten. Und da die Kinder so widerwillig und langsam dabei zu Werke gingen, geriet sie in Harnisch, dies um so mehr, als sie überzeugt war, daß sie am Ende selbst die Aufräumarbeiten übernehmen müsse. Voller Ungeduld schaute sie ihnen also noch ein Weilchen zu und schickte sie dann in die drei Ecken des Zimmers, die für solche Notfälle sorgsam freigehalten wurden. Es war ein Glück, daß es kein viertes Kind gab, denn es war keine Ecke mehr da, in die man es hätte stellen können, weil in der vierten Ecke, die es, wie in den meisten Zimmern, freilich auch hier gab, ein Ofen stand. April wies ihre Mutter eines Tages darauf hin, wie zweckdienlich doch alles eingerichtet sei, und diese mußte ihr beipflichten.

Ihre Mutter im Nebenzimmer hörte Séraphine eintreten und einen Entsetzensschrei ausstoßen, dann hörte sie plötzlich nichts mehr, und aus Erfahrung wußte sie, daß dies Ecken bedeutete. Sie stand auf und schaute aus dem Fenster. Es hatte aufgehört zu schneien, und der Garten war mit dem wunderschönsten, weichen, dikken weißen Mantel bedeckt, und alle Bäume sahen wie Weihnachtsbäume aus. Man bekam irgendwie Lust, hinauszurennen und auf dem makellosen Weiß überall seine Fußspuren zu hinterlassen.

Sie wartete ein Weilchen, um Séraphines Vorstellungen von Gerechtigkeit nicht ins Gehege zu kommen, und ging dann mit der Situation angemessener ernster Miene ins Kinderzimmer, rief sie aus den Ecken und hielt ihnen eine kurze Standpauke, wie es Mütter tun müssen, wenn Kinder nicht brav sind. Als sie damit fertig war, sagte sie ihnen, daß sie nichts so sehr hasse, wie Standpauken halten zu müssen, und sie froh und dankbar wäre, wenn man sie nicht in die Ecke stellen müßte und sie ihr die Mühe ersparen würden, eine solche zu halten, worauf ein Ausbruch der Begeisterung erfolgte, Arme und Beine wild durcheinanderflogen und ein großes Küssen anhob, und dann wurden mit Entschlossenheit die Töpfe in Angriff genommen und mit solcher Hingabe geschrubbt, daß in zehn Minuten alles wieder in Ordnung und sauber war und die Kinder ihre Stiefel und Gamaschen anziehen und mit ihrer Mutter den schönen, faszinierenden Schnee zertreten konnten.

Aber sie sanken regelrecht darin ein, June bis zu den Ohren, May bis zum Hals und April bis zu den Schultern, so daß an Fortbewegung aus eigener Kraft nicht zu denken war. Also ließ die Mutter den Schlitten kommen und sie bis zu den Augen in Pelz packen und ihnen Pelzmützen über die Stirn ziehen und zog sie im Schlitten über die winterlichen Straßen.

Wenn man in der Gegend, wo diese Kinder lebten, im Winter eine Ausfahrt macht, sitzt man bis zur Taille in Pelzsäcken eingepackt und so vermummt, daß nur noch die Augen zu sehen sind. Tut man das nicht, holt man sich Erfrierungen, was eine sehr unangenehme Sache ist und zur Folge haben kann, daß man seine Nase einbüßt und die Schönheit mit ihr. Es ist zwecklos, euch zu schildern, welche Temperaturen das Thermometer anzeigte, denn Kinder, die in London leben und täglich in Kensington Gardens spazierengehen, brauchen sich nicht mit dem Thermometer zu befassen, weshalb ihr dies alles auch nicht verstehen würdet. Aber dort, wo April und ihre Schwestern lebten, schaut man besorgt auf das Thermometer, das vor dem Fenster hängt, ehe man sich ins Freie begibt, damit man weiß, wie viele Pelze man anlegen muß oder ob man es überhaupt wagen kann. Manchmal ist es so kalt, daß man tagelang im Haus bleiben muß, insbesondere wenn man zufällig ein Kind ist. Die Mutter der Kinder war schon nahe dran, sie einzuölen, wie es die Leute tun, die mehr oder weniger am Nordpol leben, damit sie die Kälte nicht so spüren; aber dann fiel ihr wieder ein, daß Kinder vor allem deshalb in die Welt geschickt werden, damit Mütter stets etwas zum Küssen haben, und wie soll man eingeölte Kinder küssen? Draußen im Schlitten wurde ihr schnell klar, daß dies einer der Tage war, an denen Leute, die nicht eingeölt sind, besser zu Hause bleiben sollten, und sie kehrte um und schickte April und May wieder hinein. June bat so inständig, bleiben zu dürfen, daß sie sie noch ein Stück mitnahm und nachgab, weil June die dickste war, und dicke Kinder frieren nie so sehr wie dünne. Deshalb sind vermutlich alle Leute, die in den Wäldern leben, wo die Kinder lebten, so dick. Den ganzen Sommer über essen und trinken sie Unmengen, damit sie, wenn der lange, bittere Winter kommt, gut geschützt sind gegen die Kälte und nicht so viele Pelze zu kaufen brauchen. Solche Wohlbeleibtheit mag zwar auf Parties nicht sehr hübsch aussehen, aber bei Frostwetter ist sie sehr praktisch.

Auch die Mutter und June mußten jedoch bald umkehren, denn die Wimpern froren ihnen an dem langhaarigen Pelz fest, der ihre Gesichter umgab, und sie konnten die Augen nicht mehr öffnen, wodurch der ganze Ausflug todlangweilig wurde. So fuhren sie also wieder heim und mußten sich ins Haus tasten und ihre Wimpern am Feuer auftauen; und dann setzte sich die Mutter hin und überlegte angestrengt, womit sie ihren Kindern die langen Tage verkürzen könne, die überstanden werden mußten, ehe man die Ostereier verstecken konnte. Der Lehrer, der täglich kam, um die Kinder zu unterrichten, war in seinem Haus eingeschneit, also fiel der Unterricht aus, und sie hatten nichts zu tun. Séraphine konnte sie nicht unterrichten, weil sie ja selbst nicht wußte, was die beste Erklärung war; alles, was sie konnte, war, französische Lieder singen, in denen es überhaupt keine Melodie gab und die sie immer und immer wieder zum besten gab, bis die Kinder sie auswendig kannten und die Mutter im Nebenzimmer fast den Verstand verlor. Sie hatten ihre Puppen gekocht, sie bekamen keinen Unterricht, sie konnten nicht hinaus und im Garten herumrennen – ich glaube, es gibt kein Kind auf der Welt, dem es unter solchen Bedingungen auf Dauer erspart bliebe, in eine Ecke gestellt zu werden, und keine Mutter, die angesichts dieser Schwierigkeiten ihres Lebens froh werden könnte.

Diese Mutter nun war derselben Meinung und saß da

und überlegte, was sie tun könne. Sie saß vor dem großen Kamin und dachte nach, die Füße ganz dicht am Feuer. Es hatte wieder zu schneien angefangen, heftiger denn je, und sie wußte, daß die Kinder höchstwahrscheinlich in den nächsten paar Tagen nicht würden ins Freie gehen können. Es wurde dunkel, und als der Tee gebracht und frischer Torf ins Feuer geworfen worden war, rief sie die Kinder und lud sie ein, mit ihr Tee zu trinken und es sich vor dem Kamin auf Fußbänken bequem zu machen, anstatt ernst und feierlich um den Tisch des Schulzimmers sitzen zu müssen, unter Séraphines strengen Augen, die sie über die Teekanne hinweg fixierten.

Die Kinder tranken wahnsinnig gern Tee bei ihrer Mutter, obwohl es da keine Marmelade aufs Butterbrot gab wie im Schulzimmer. Ohne Marmelade war ihnen ihre Mutter tausendmal lieber als Séraphine mit Marmelade – selbst, wenn es die beste Marmelade der Welt gewesen wäre, was natürlich, wie jedes Kind weiß, entweder Erdbeer- oder Aprikosenmarmelade ist. Sie stürzten sich auf die Schemel und mampften ihr Butterbrot im wohltuenden Feuerschein, wärmten sich die Zehen am lodernden Feuer wie ihre Mutter, und ihre Gesichter wurden von Minute zu Minute erhitzter und fröhlicher und butterverschmierter. Dann schenkte die Mutter einem jeden Kind von ihrem Tee ein, und nicht etwa in die demütigenden Becher, die sie im Schulzimmer benutzen mußten, sondern in ihre eigenen schönen Teetassen mit Untertassen und Löffeln und allem, was dazugehört; und der Tee war so heiß und süß und köstlich, daß sie das Gefühl hatten, in heiße, mit Zukker bestreute Flanellunterröcke gehüllt zu werden, was das schönste Gefühl der Welt ist.

»Nun sitzen wir da wie Polly Flinders«, sagte die Mutter. »Was ist Flinders?« fragte April.

»Ist Flindels ein Mädchen?« fragte June, wobei sie den Zucker vom Boden ihrer Tasse auslöffelte.

May sagte nichts, sondern streckte, so weit es ging, die Zunge heraus und ließ sie mit beträchtlichem Geschick mehrmals um den Mund kreisen. Sie hatte etwas Butter auf Nase und Kinn, und obwohl sie ein Taschentuch besaß und eine Tasche, um es bei sich zu tragen, und sie sich die Butter ganz bequem hätte abwischen können, zog sie es vor, ihre Zunge dafür zu nehmen und somit weder Zeit noch Butter zu vergeuden.

»Habe ich euch denn noch nicht von Polly Flinders erzählt?« fragte die Mutter, die fasziniert Mays Zunge beobachtet hatte, bis der letzte Butterrest wohlbehalten eingeholt worden war. »Habt ihr nie gehört, wie sie

Sat on the cinders
Warming her little toes?
Her mummy came and caught her
And whipped her little daughter
For spoiling her nice new clothes.«

Die Kinder sahen einander verwundert an.

»O je, was für eine Mami!« rief April.

»Die arme Flinders!« rief May.

»Hat die Mami diese Flindels mit der Hand verhauen oder mit einem Stock?« fragte June voller Anteilnahme.

»Ich glaube, mit der Hand«, sagte die Mutter. »Sie hatte ja schließlich ihr schönes Kleid verdorben, das ihr ihre Mami zu Weihnachten genäht hatte, und das war sehr ärgerlich.«

»Ja, aber *gleich* verhauen!« rief May ganz entrüstet.

»So eine Mami habe ich noch nie erlebt«, sagte April und schüttelte den Kopf in ernster Mißbilligung.

Ihre Mutter schwieg. Sie kannte die Geschichte von Polly Flinders seit ihrer Kindheit, hatte aber noch nie etwas besonders Tadelnswertes an Mrs. Flinders' Verhalten entdecken können. Ja, als Kind war sie der Meinung gewesen, daß Mrs. Flinders nur das getan hatte, was ganz normal war, und nicht mehr als das, was die unleidliche Polly verdiente. Sie brauchte daher ein paar Sekunden, um ihre Ansichten zu überdenken; aber die Kinder zeigten sich derart entsetzt, daß sie überzeugt war, ihre Ansichten überdenken zu müssen.

»Es war ein hübsches hellblaues Kleid«, murmelte sie in dem Bemühen, Mrs. Flinders zu rechtfertigen.

»Aber ihre Füße waren doch kalt!« rief May.

»Mit so vielen Biesen, die alle die Mutter hineingenäht hatte.«

»Aber Flinders' Füße waren doch kalt!« schrien die drei Kinder und fixierten ihre Mutter mit sechs vorwurfsvollen Kulleraugen.

»Und eine schöne neue Schärpe mit Fransen an den Enden – o Kinder, welch eine Schärpe!«

»Aber Flinders' Füße waren doch kalt!« brüllten die Kinder buchstäblich, über alle Maßen erstaunt und verblüfft, daß ihre Mutter für die falsche Seite Partei ergriff. Wie weh kalte Zehen tun, wußten sie recht gut, und es überstieg ihr Vorstellungsvermögen, daß ihre Mutter auch nur einen einzigen Augenblick länger an das durch ein Mißgeschick verdorbene Kleid als an die Zehen dachte.

Da hörte die Mutter auf, Mrs. Flinders zu verteidigen, und lachte. Sie stand auf, trat hinter die Reihe der erregten Kinder und küßte eines nach dem anderen auf den Kopf, was bedeutete, daß sie einlenkte und ihnen beipflichtete. »Sie hätte sie nicht gleich verhauen müssen«, sagte sie besänftigend, »eine Ecke hätte es genauso getan, und die hat sie nun wirklich verdient, denn sie war offensichtlich eine liederliche Polly.«

»And if there didn't was no colner?« gab June derart verwegen zu bedenken, daß es allen die Sprache verschlug und plötzlich Stille eintrat.

Etliche Sekunden lang sagte keine ein Wort. April und May saßen da und dachten darüber nach. June meinte nun, etwas recht Gescheites gesagt zu haben, und saß da mit stolzgeschwellter Brust. »There is *always* corners«, sagte April schließlich an die Adresse ihrer Schwester, »und du bist das größte Schaf, das es gibt«, fügte sie in nervösem Deutsch hinzu, da sie im Englischen kein hinreichend vernichtendes Wort parat hatte. Und wenn ihr, meine lieben Jungen und Mädchen, die ihr dies lest, nicht wißt, was das bedeutet, so kann ich euere enorme Unwissenheit nur bedauern.

Nachdem sie nun June fertiggemacht hatte, die dasaß und aussah wie ein Ballon, in den man gerade hineingestochen hat, wandte sich April an ihre Mutter und fragte, die Hände um ihre Knie verschränkt und das Kinn darauf gestützt: »Ist das ein Lied, Mami, das mit den Flinders?«

»Ja, es ist ein Lied – ein Kinderlied, das ich lernte, als ich klein war.«

»Aber hat es auch eine Melodie?«

»Melodie?« – die Mutter überlegte und versuchte angestrengt, sich an die zu *Polly Flinders* gehörende Melodie zu erinnern, und fand keine. Sie hatte eine vage Vorstellung, daß ihr das Kindermädchen die Worte vorzusummen pflegte, aber es wollte ihr einfach keine bestimmte Melodie einfallen. »Ich habe nie eine Melodie dazu gehört«, sagte sie schließlich.

»Herrn Schenks Lieder haben alle eine Melodie«, sagte April – Herr Schenk war der Lehrer –, »und die von Séraphine auch.«

»O ja«, sagte May, »die von Séraphine haben schöne Melodien, und wenn die von Séraphine schöne Melodien haben, müssen Mamis Lieder noch viel schönere haben.«

Die Mutter fand Séraphines Melodien nun nicht gerade sehr schön, und sie kannte sie allesamt nur allzu gut, denn wie oft hatte sie sich genötigt gesehen, in ein anderes Zimmer außer Hörweite zu gehen, während den Kindern diese Melodien eingehämmert wurden? Was Herrn Schenks Lieder betraf, so brachte er den Kindern Kirchenlieder bei – sehr langsame deutsche Kirchenlieder, die man Choräle nennt; und da es im Schulzimmer kein Klavier gab und er ganz tief im Keller und die drei Mädchen in den höchsten Höhen und alle völlig falsch sangen, war das Ergebnis derart trübselig und schaurig, daß es die Mutter im Nebenzimmer oft wundernahm, daß sie nicht ebenfalls die Stimme erhob und weinte. Ihr Hund indes konnte es überhaupt nicht ertragen und heulte so erbärmlich, wenn die Choräle erklangen, daß man ihn jeden Tag zur Schulstunde hinauswerfen mußte.

»Mach eine Melodie für Flinders, Mami«, sagte April.

»Eine Melodie machen?« wiederholte die Mutter, entsetzt.

»Ja, mach eine Melodie, und dann können die Kinder sie singen.«

»Aber ich kann nicht.«

»Aber wenn doch Herr Schenk und Séraphine können?«

»Aber das sind ja ihre eigenen Melodien.«

»Oh, aber Mamis können doch alles«, sagte April und schaute mit dem süßesten Lächeln unerschütterlichsten Vertrauens zu ihrer Mutter hoch. Aprils Lächeln war so hübsch, daß man sie für hübscher hielt, als sie in Wirklichkeit war. Die Mutter war der festen Meinung, daß, wenn Engel jemals lächeln, sie es bestimmt auf diese Weise tun.

»Aber ich kann keine Melodien machen«, wiederholte die Mutter, die sich nun unbehaglich zu fühlen begann und sich wünschte, die Familie Flinders lieber in Ruhe gelassen zu haben.

»Ach!« riefen alle Kinder auf einmal und lachten laut. Sie würden sich nicht so täuschen lassen, und ihre Mami brauchte sich das gar nicht erst einzubilden. Gab es denn irgend etwas, was Mamis *nicht* konnten? Und noch dazu *ihre* Mami? Sie sahen einander an und kugelten sich vor Lachen, die Vorstellung war wirklich gar zu lachhaft.

»Wißt ihr, wonach mir jetzt ist, Kinder?« sagte die Mutter geschwind. »Nach einem Spiel mit Orangen und Zitronen. Ich bin sicher, es würde mir sehr gut tun. Wollen wir spielen?«

Aber das verfing nicht. »Nein, nein«, schrien sie, sprangen auf und drängten sich um sie, »wir wollen nur Flinders! Mach Musik, Mami!«

Und dann fingen sie an, sie ihre süße, teuere Mami zu nennen, ihr kleines liebes Mamilein, und was ihnen sonst noch an Kosenamen einfiel; und als alle drei sie auf einmal küssen wollten, mußte sie sagen, sie werde es versuchen, und wenn auch nur, um sich vor dem Erstikken zu retten.

Das war etwas – Polly Flinders, so harmlos scheinbar, trieb nun mit ihr Schindluder!

»Dann müßt ihr mich aber allein lassen, während ich den Versuch mache«, sagte sie, und es war ihr ganz elend zumute, wenn sie auch noch die schwache Hoffnung hegte, sie würden lieber bleiben und Spiele mit ihr spielen und es ihr eher erlassen, eine Melodie zu komponieren, als aus dem Zimmer verbannt zu werden. Aber mit der größten Bereitwilligkeit begaben sie sich zur Tür des Schulzimmers. »Und dann rufst du uns, wenn es fertig ist«, schrien sie fröhlich und verschwanden.

Ich vermute, daß keines von euch Kindern, die diese Geschichte lesen, je eine Melodie geschrieben hat, denn andernfalls wärt ihr das, was man Wunderkinder nennt, eine unerfreuliche Sorte von Kindern, die – welch ein Glück für den Seelenfrieden der Eltern – außerordentlich selten vorkommt. Aber nach einem gewissen Alter hört man auf, ein Wunderkind zu sein, und diese Mutter war viel zu alt, um eins zu sein, und hatte nie die leisesten Anzeichen zu erkennen gegeben, zu irgendeiner Zeit eins zu sein; und als man sie allein gelassen hatte, damit sie die Melodie schreibe, und sie sich klarmachte, daß etwas geschehen mußte, fühlte sie sich so unbehaglich, wie ihr euch fühlen würdet, wenn man euch allein in ein Zimmer mit einem Klavier einsperren und befehlen würde, etwas zu komponieren. Aber was tun Mütter nicht alles für ihre Kinder? Bittet *euere* Mutter, Melodien für euch zu schreiben, und ihr werdet sehen, ob sie es nicht sogleich tut! Diese Mutter ging zum Klavier, setzte sich davor und wünschte sich als allererstes, nie von Polly Flinders und ihren Zehen gehört zu haben. Sodann wünschte sie sich, sie hätte, nachdem sie davon gehört hatte, ihr Wissen um selbige ihren Kindern vorenthalten. Und dann zermarterte sie sich das Gehirn nach einer Melodie. Es gibt ja Leute, die zehn Meilen vom nächtsten Klavier entfernt ganz elegant Melodien hinschreiben können, aber diese Mutter gehörte nicht zu dieser Spezies, und sie saß da und brütete unter Qualen, wobei sie den Dämpfer einschaltete, damit die Kinder nicht die Knochen von Pollys musikalischem Skelett würden klappern hören, ehe die Haut hervorgebracht war. Da sie kein Notenpapier hatte, nahm sie einen Bleistift und einen Bogen Briefpapier und schrieb die Melodie nieder, und in diesem Stadium wurden die Qualen besonders heftig. Und dann starrte sie mit düsterem Blick auf das, was sie da hingekritzelt hatte, und versuchte sich einzureden, daß es zumindest von einer gewissen ungekünstelten Ehrlichkeit sei, und hoffte, es werde den Kindern gefallen.

»Kommt rein, Kinder!« rief sie schwach.

So lautet die Melodie: *Little Polly Flinders*.

Klein Molly Masche
Saß auf der Asche
Und wärmt' ihre Zehen darin.
Da wurd' ihre Mutter sehr böse
Und schlug sie mit großem Getöse,
Denn Mollys neues Kleid war hin.

Und sie hätte sich nicht den Kopf darüber zu zerbrechen brauchen, ob den Kindern das Liedchen gefalle, denn sie waren völlig hingerissen. Sie stürzten herein, als sie sie rief, wobei in der Eile eines über das andere kullerte, und drängten sich um ihre Mutter herum, die immer noch furchtbar niedergeschlagen am Klavier saß, die Noten in der Hand hielt, in die die widerspenstige Polly Flinders gebracht worden war, und sie mit tiefem Mißfallen beäugte. Aber nachdem sie die Melodie den Kindern vorgespielt und vorgesungen hatte und das Lied mit Begeisterungsrufen aufgenommen worden war, ach, welch ein Stein fiel ihr da vom Herzen! Ich weiß nicht, wer sich mehr freute, die Mutter oder die Kinder. Sie bestanden darauf, daß sie es ihnen auf der Stelle beibringe, und ein paar Minuten später tanzten sie im Zimmer herum und sangen es aus vollen Kehlen, so daß das ganze Haus unter den Klängen von Polly Flinders zu wanken schien. Ja, jedesmal, wenn sie zu der Stelle kamen, wo Pollys Mutter ihre Tochter ertappt, erhoben sich ihre Stimmen zu einem so mitfühlenden Gekreische, daß eine Reihe schwerer Porzellanschüsseln, die vorher stets mit großer Würde und Gelassenheit auf dem Kaminvorsatz gestanden hatten, einen Mordsschreck bekamen und zitterten und beinahe heruntergefallen wären.

Die Mutter wußte jetzt also, wie sie ihre Kinder bei Laune halten konnte. Bis Ostern käme und der Osterhase für neue Geschenke sorgte, würde sie ihnen die englischen Kinderreime beibringen und Melodien komponieren, damit sie sie singen konnten. Zumindest wäre es etwas Neues für sie, denn sie waren mit deutschen Kirchenliedern groß geworden, in die neuerdings nur Séraphines Tra-la-las etwas Abwechslung brachten. Ihre Mutter hatte ihnen, als sie noch Babies waren, deutsche Kinderliedchen vorgesungen, herzige Liedchen von Sternlein und Engelein und Kindlein, und die kannten die Mädchen alle auswendig; aber von den Tanten von *Jack and Jill* und dem Schicksal, das Miss

Muffet ereilte (eine deutliche Warnung an alle, die die Gewohnheit annehmen, auf Schemeln zu sitzen), und dem niederträchtigen Verhalten des Herrn in *Where are you going to, my pretty maid* hatten sie noch nicht gehört; und vom sonderbaren Garten von *Mary, quite contrary* und vom glorreichen Bestechungsversuch mit weichen Kissen und Sahne, dem *Curly Locks* ausgesetzt war, wußten sie ebensowenig wie von jenem erstaunlichen Kuchen, der zu singen anfing, als der verdutzte König ihn anschnitt.

Ermutigt durch die Aufnahme, die *Polly Flinders* gefunden hatte, beschloß die Mutter, auch diese anderen Kinderreime zu vertonen, damit die Kinder etwas zu singen hätten, das weder so schwerverdaulich wie die Choräle noch so seicht wie die Tra-la-las wäre; und während die Kinder ihre Schränke für die Ostergeschenke ausräumten, nahm sie sich *Mary, Mary* vor.

Er war keineswegs leichter zu vertonen als der erste Kinderreim; ja, dieser machte der Mutter noch viel mehr zu schaffen, weil sie von einer merkwürdigen Abneigung erfaßt wurde gegenüber einer Person, die ihren Garten mit Dingen wie Muscheln und Glocken vollstellt, und diese Abneigung verstärkte sich, je mehr sie darüber nachdachte. Aber schließlich wurde auch diese Melodie fertig, und hier ist sie: *Mary, Mary, quite contrary*.

Mary, verrücktes Mädchen,
Was macht denn dein Gärtchen?
Es gedeiht prächtig,
Mit Glocken, so mächtig,
Mit Muscheln, so klein,
Mit Mädchen, so fein,
Die tanzen in Reih'n.
Mary, verrücktes Mädchen,
Was macht denn dein Gärtchen?

Nach dem Mittagessen gab sie den Kindern dann einige Bücher, aus denen sie Bilder ausschneiden konnten, und etwas Klebstoff, mit dem sie diese in andere Bücher kleben sollten; und wenn es auch einfacher scheinen mochte, die Bilder in den Büchern zu lassen, in denen sie bereits waren, fanden das die Kinder keineswegs, sondern schnipselten und klebten mit einer solchen Inbrunst, daß sie in kürzester Zeit über und über mit Kleister bedeckt waren und man sie selbst als Einklebebücher hätte benutzen können; und als die Mutter merkte, daß sie sich an die Arbeit machten, ließ sie sie allein, schloß sich mit Miss Muffet ein und rang mit ihr so lange, bis sie auch diesen Kinderreim endlich in Notenform gezwungen hatte. Hier also: *Little Miss Muffet.*

Klein Daisy Demel,
Saß auf 'nem Schemel,
Aß Molke und Quark,
Da kam 'ne Spinne,
Klein Daisy hielt inne,
Erschrak bis ins Mark.

Dann, gerade als die Kinder des Klebens etwas überdrüssig zu werden begannen, trat der Diener mit einem

Tablett, auf dem drei Briefe lagen, ins Spielzimmer und überreichte jedem Kind einen davon. Sie waren erstaunt, denn sie bekamen nicht oft Briefe und fragten sich so lange, von wem sie wohl sein mochten, daß sie beinahe vergaßen, sie zu öffnen und nachzuschauen; und als sie sie öffneten, steckte in jedem Umschlag ein entzückendes rosa Briefchen, das in einer großen, runden, gut lesbaren Handschrift geschrieben war und sie einlud, um vier Uhr zum Tee in die Bibliothek zu kommen.

Um vier erschienen also die Kinder, denen man fein säuberlich den Kleister abgerubbelt hatte, in der Bibliothek, und dort standen die drei Stühlchen vor dem Kamin und Mutters tiefer Stuhl auf der einen Seite und der Teetisch, der direkt neben sie gerückt worden war; und da es sich diesmal um eine richtige Einladung handelte, gab es für die Kinder statt Tee einen Krug heißen Kakaos, und auf einem Teller türmten sich frisch gebackene Krapfen mit einem ordentlichen Löffel Marmelade in der Mitte statt des kleinen Fleckchens in den altbackenen Krapfen, die man in Läden kauft und die noch viel dämlicher schmecken, als sie aussehen; und es war so schön und gemütlich, daß die Kinder übers ganze Gesicht strahlten, als sie sich vor dem Feuer niederließen und sich die Schürzen über den Knien glattstrichen.

»Nun, Mami?« sagte April, nachdem sie so viel Kakao getrunken hatten, wie ihre kleinen Mägen nur immer zu fassen vermochten, und sich den Zucker der Krapfen von den Wangen gewischt hatten – denn sie wußten, daß noch irgend etwas bevorstand, sonst wären sie ja nicht so förmlich eingeladen worden.

»Nun, Kinder?« sagte die Mutter und lächelte die drei erwartungsvollen Gesichter an.

»Was machen wir als nächstes, Mami?«

»Als nächstes? Aber ich habe doch noch zwei Melodien für euch geschrieben.« Und sie zog *Mary, quite contrary* und *Miss Muffet* aus der Tasche.

»Oh, das ist aber schön!« rief May, wobei sie auf ihrem Stuhl auf- und abhopste.

»Du bist eine ganz tolle Mami«, sagte June voll Anerkennung.

April bedachte ihre Mutter mit einem Blick, als wolle sie sagen: »Hab' ich's nicht gewußt, daß Mamis alles können?«

Aber sie hatte ja keine Ahnung, was es hieß, kaltblütig und am hellichten Tag solche Melodien zu schreiben.

»Also, meine Süßen«, begann die Mutter, »es war einmal ein Mädchen, das hieß Mary. Sie hatte einen Garten voller Rosen und Lilien und Butterblumen und Gänseblümchen und all den anderen Blumen, die im Sommer hier bei uns blühen; aber sie war so sonderbar, daß sie alle ausriß und wegwarf, anstatt sie zu hegen und zu pflegen.«

»Was für eine gläßliche Maly«, bemerkte June, die einfach kein »r« sprechen konnte.

»Wo diese hübschen Blumen gestanden hatten, legte sie Silberglöckchen und Muscheln hin, an den Seiteneinfassungen der Wege, wo andere Leute Stockrosen haben, reihte sie hübsche Mädchen aneinander.«

»Hübsche *Mädchens*?«

»Und Glocken, mit denen man läutet?«

»Und Muscheln, wie es sie am *bain-de-mer* gibt?« Wenn sie ›am Strand‹ meinten, sagten die Kinder immer *bain-de-mer* und betonten dieses Wort, als bestehe es nur aus zwei Silben, auf der ersten, so daß es wie BAINdmer klang. »Und dann kamen die Leute und schauten über die Hecke und lachten und fragten sie, wie ihr Garten wachse, denn Glocken und Muscheln wachsen natürlich nicht, und die hübschen Mädchen wuchsen so langsam, daß man in einem Sommer überhaupt nichts davon merkte. Und die Nachbarn nannten sie verrückte Mary, weil sie alles anders machte als die übrigen Leute, aber das kümmerte sie nicht im geringsten; und wenn die Leute kamen und sich lustig machten und riefen: »Mary, verrücktes Mädchen, was macht denn dein Gärtchen?« antwortete sie stets ganz freundlich: »›Mit silbernen Glocken und Muscheln, die locken, mit Mädchen, so fein, in stattlichen Reih'n.‹ Und hier ist die Melodie, nach der sie das sang, und wenn ich euch von Miss Muffet erzählt habe, singen wir beide Lieder zusammen.«

»Aber Mami«, unterbrach May, »war es denn schön in Marys Garten?«

»Ich denke, unser Garten ist viel schöner«, sagte die Mutter.

»Ich auch! Ich auch! Ich auch!« riefen die drei Kinder voll Überzeugung.

»Abgesehen von den Mädchen.«

»Ja, abgesehen von den hübschen *Mädchens*.«

»Sie müssen hübsch ausgesehen haben, so eine neben der anderen.«

»Oh, sie müssen sehr hübsch ausgesehen haben«, sagte April; »sie müssen wie May ausgesehen haben«, sagte sie und wandte sich an May, die eine Art wohliges Schnurren von sich gab. April war stets bereit, über May herzufallen und etwas auszufechten, wenn es sein mußte, aber das hinderte sie nicht daran, ihre Schwester in Friedenszeiten für wunderhübsch zu halten. Die Mutter sah sie oft zu May hochgehen, wenn dieser am Vortag die Haare gewaschen worden waren und ihr Gesicht in einer Lockenflut fast unterging, und ihr sehr sanft übers Haar streichen und leise sagen: »Wie hübsch, ach, wie hübsch dein Haar ist!« Oder sie nahm Mays Händchen und sah es an und tätschelte es und sagte:

»Was hast du für niedliche Händchen!« Und da diese schmeichelhaften Zwischenspiele so gut wie nie während der Atempausen in einem Boxkampf vorkamen, hatten sie nicht viel zu bedeuten und gewiß keine Wirkung auf May, der es egal war, ob man sie für hübsch hielt oder nicht.

Hierauf erzählte ihnen die Mutter von Miss Tuffet, und natürlich lautete die erste Frage, die die Kinder stellten: »Was ist ein ›tuffet‹?« Worauf natürlich die Mutter ebenso selbstverständlich antwortet: »Etwas, worauf man sitzt.«

»Abel man sitzt auf vielen Dingen«, wandte die naseweise June ein, »und sie sind deswegen noch lange nicht keine tuffets.«

»Ich glaube, es war wohl ein dreifüßiger Stuhl«, sagte die Mutter, die auf der Suche nach Erleuchtung sogar in *Nuttal's Pronouncing and Defining Dictionary* herumgeblättert und festgestellt hatte, daß ›tuffet‹ geflissentlich ausgespart worden war.

»Ich glaube, es muß ein Sofa gewesen sein«, sagte June.

»Ein Sofa?«

»Ja, zwei Leute können schließlich bloß auf einem Sofa zusammensitzen.«

»Aber es waren ja keine zwei Leute.«

»Doch, die Spinne saß neben ihr.«

»Aber Spinnen sind doch keine Leute«, sagte April, die ganz verdutzt dreinschaute.

»Doch, ist sie«, sagte June.

»Ist sie nicht«, sagte April, und dann, als habe sie jetzt erst die Erleuchtung, fügte sie hinzu, »sie ist ein Tier, Tiere sind keine Leute, sie haben zu viele Beine.«

»Oh, das macht nichts«, sagte June munter.

»O doch«, sagte April; »und es gibt nie nur *ein* Leut, sondern immer zwei –« und dann hielt sie inne und schaute verwirrt drein.

»Aber wenn eines von diesen Leuten weggeht? Was dann?« fragte June; worauf April noch verdutzter dreinsah.

Nun verstand sich diese Mutter nicht sehr gut auf das Erklären von Grammatik und war überzeugt, daß, selbst wenn sie es versuchte, die Kinder nur noch ratloser würden als zuvor, also schlug sie vor, daß sie, statt zu streiten, ans Klavier kommen und die Melodien lernen sollten, die sie geschrieben hatte.

Mit noch größerem Eifer als am Tag zuvor machten sie sich an die Arbeit, denn hatten sie sich nicht etwa an ungewohntem Kakao und Krapfen gelabt? Und nach der ungestümen Begeisterung, mit der die Melodien in Angriff genommen und gelernt wurden, zu urteilen, waren ihnen die Krapfen in den Kopf gestiegen, was nicht der für Krapfen übliche Ort ist und beweist, wie herrlich leicht sie gewesen sein müssen. Dann versuchten sie, *Miss Muffet* nachzuspielen, und stritten sich über die Präliminarien, genauso wie es Erwachsene zu tun pflegen, da jede die beste Rolle für sich haben wollte.

»Ich bin Miss Muffet!« schrie June, Trotz in den Augen.

»Nein, ich!« rief May.

»Nein, ich werde Miss Muffet sein«, sagte April blitzartig und bestimmt.

»Oh, dann bin ich die Spinne«, sagte June.

»Ja, und ich bin Muffet«, sagte April schnell.

»Aber ich? Was bin ich denn dann?« fragte May bekümmert.

»Oh, du kannst – die Molke und der Qualk sein«, sagte June, die stets mit brillanten Einfällen zur Stelle war.

»Nein, der Schemel«, sagte April.

May weigerte sich standhaft, Molke und Quark zu sein, und die Vorstellung, einen Schemel darzustellen, ein Ding, auf das andere sich draufsetzen, ein stummer und unrühmlicher dreibeiniger Stuhl, der nichts zu sagen und zu tun hat, gefiel ihr überhaupt nicht; aber sie tat im allgemeinen, was man sie tun hieß, und nach einigem Murren ließ sie sich überreden, sich auf Knie und Hände zu begeben, woraufhin April sehr würdevoll auf ihrem Rücken Platz nahm. Sie hielt eine Tasse mit Kakaoresten, die Molke und Quark vorstellen sollten, erhob die Stimme und ließ die Anfangszeilen des unsterblichen Liedchens ertönen. Da erscholl ein wildes Geschrei, wie man es noch nie eine Spinne hatte von sich geben hören, und June stürzte sich auf den Teil des Schemels, der noch frei war, und da es sich dabei um Mays Kopf handelte und June eine sehr dicke, schwere Spinne war, brach der Schemel unter dem plötzlichen Ansturm zusammen und lag platt auf dem Boden, und laut kreischend fielen alle drei aufeinander. Es entstand ein solches Gewirr von Armen und Beinen, daß die Mutter einige Mühe hatte, sie auszusortieren und jedes Kind wieder auf die zu ihm gehörenden Füße zu stellen; und zudem mußte sie noch lachen, und ihr wißt ja, welches Gefühl man im Daumen hat, wenn man lachen muß, und wie schwach sie werden, und wie sie ihren Dienst beim Ziehen versagen!

»Miss Muffet ist zu schwer zu spielen«, sagte die Mutter und tröstete ihre Kleinen, »wegen des doofen Schemels. Versucht's mal mit *Mary, quite contrary*. Eine kann Mary machen und die anderen beiden die Reihe hübscher Mädchen. Zwei Personen ergeben ja schon durchaus eine Reihe.«

»Und wenn eine aus der Leihe weggeht – was dann?« wollte June wissen. Aber ihre Mutter setzte sich ans Klavier, da sie sich auf keine Debatte mit ihr einlassen wollte.

Dies gelang besser. Die hübschen Mädchen sangen den ersten Teil, und April, die auf ihrem Gartenweg vor ihnen auf und ab tanzte, beantwortete ihre Fragen mit fröhlichem Gekreische. Sie sangen das Lied immer und immer wieder. Die Mutter mußte es so oft spielen, daß sie es schließlich aus tiefstem Herzensgrunde zu hassen begann, und sie machten immer noch weiter. Die hübschen Mädchen stampften mit ihren Füßen den Takt, und mit flatterndem Haar und glühenden Wangen rannte die fleißige Mary immer schneller und immer atemloser auf und ab. Am Ende hatte die Mutter den Eindruck, die drei stünden unter Hypnose und wüßten kaum mehr, was sie taten, bis ein merkwürdiges Plätschern sie vom Klavier aufschauen ließ, und da standen die hübschen Mädchen und schnappten nach Luft, Augen, Nasen und Münder voll Kakao, den April eifrig aus dem Krug auf ihre Köpfe goß und dabei murmelte: »Doch, doch, du mußt begossen werden.«

Das war nun freilich ein schreckliches Treiben und ließ sich nur mit dem Zustand wilder Erregung entschuldigen, in den sie sich durch die Rolle der Mary hineingesteigert hatte. Die Mutter war so verdattert, daß es ihr momentan die Sprache verschlug und sie sich das Ganze schweigend ansah. Die hübschen Mädchen prusteten zwar, erfaßten aber sehr wohl den Sinn dieses Tuns und fanden es nur recht und billig, daß sie, da sie in einem Garten wuchsen, begossen wurden. Und außerdem war der Kakao, wenn auch kalt, immer noch köstlich und tröpfelte ihnen angenehm in den Mund, den sie so weit aufsperrten, wie es ging. Aber es ging nicht weit genug, und das meiste tropfte über ihre Schürzen zum Saum ihrer Kleider hinab und von dort in dicken Tropfen auf den Lieblingsteppich ihrer Mutter, wo der Kakao zu ihren Füßen gräßliche dunkle Pfützen bildete.

Oh, daß eine Party ein so schreckliches Ende finden mußte! Und das Schlimmste daran war, daß sie so aufgedreht waren, daß sie gar keinen Gedanken auf das, was sie da angerichtet hatten, verschwendeten, weshalb ihre Mutter sie nur mit größter Mühe zurechtzuweisen vermochte. »Oh«, sagte sie, auf die beiden Pfützen auf dem Teppich deutend, und es schienen ihr die Worte im Hals steckenzubleiben. Ich weiß nicht, ob sie sich Tränen über den verschandelten Teppich oder ein Lachen über die verschandelten Kinder verbiß, die nun mit ihren von Kakao verklebten Köpfen einen bedauernswerten Anblick boten, während April den leeren Krug in der Hand hielt und sie konsterniert ansah.

Wenn man sehr aufgedreht und fröhlich gewesen ist, folgt immer eine Phase, wo man sich so lustlos und niedergeschlagen und schal fühlt wie Ingwerlimonade ohne Ingwer und ohne Schaum. Genauso fühlten sich die Kinder, als man ihnen den Kakao aus den Gesichtern und Haaren wusch und sie, nunmehr völlig ernüchtert, früher als sonst ins Bett steckte. Es war sehr schwierig, den Kakao aus ihren Haaren zu kriegen, und Séraphine machte ihrem Unmut durch so unbarmherzig festes Schrubben Luft, daß die Kinder hinterher ganz benommen waren. Zudem verwirrte es sie, an einem anderen Abend als Samstagabend die Haare gewaschen zu bekommen. Das brachte alles so durcheinander, und sie waren an eine feste Ordnung gewöhnt – Haarewaschen am Samstag abend, frische Kleider am Sonntagmorgen, Geruch von Seifenlauge, der am Montag durch die Gänge zog –, das heißt, an das, was stets geschehen war, seit Bestehen der Welt, in der es Leute gab, die gewaschen werden müssen. Auch Eva, erläuterte April ihrer Schwester June flüsternd beim Ausziehen, pflegte sich das lange blonde Haar am Samstag zu waschen, indem sie es immer wieder in den Teich des Paradieses tauchte; und da Seife nicht zu den Dingen gehörte, die dort auf den Bäumen wuchsen, benutzte sie statt der Seife Bananen, die freilich doch Seife viel mehr ähnelten als Bananen; und June fragte, ob Eva, wenn sie mit Waschen fertig war, gegessen habe, was von der Seife übriggeblieben sei, und April sagte, Leute äßen doch keine Seife, und June sagte, aber Leute äßen Bananen, und flüsternd besprachen sie das Problem und versuchten vergeblich, es zu lösen, als sie schlotternd zu Bett gingen.

Als die Mutter am nächsten Morgen aufstand, trat sie zum Schlafzimmerfenster und versuchte hinauszuschauen; aber der Schnee türmte sich draußen auf den Fensterbrettern bis zur Mitte der Scheiben. Sehr leid taten ihr die Kinder, die nun schon über eine Woche ans Haus gefesselt waren. Auch schienen sie beim Frühstück niedergeschlagen zu sein, und May hatte eine Erkältung und nieste andauernd in ihre Milchsuppe. Beim ersten und auch beim zweiten Niesen sagten die anderen: *Gesundheit*, was man in Deutschland sagt, wenn jemand niest; aber als sie immer weiter nieste und anscheinend gar nicht mehr damit aufhören wollte, wurden sie ärgerlich und sagten nicht mehr *Gesundheit*, sondern *pfui*, was die Leute in Deutschland sagen, wenn sie angewidert sind.

May konnte es nicht leiden, wenn man *pfui* zu ihr sagte, und schniefte gekränkt; und Séraphine war mit dem linken Fuß zuerst aufgestanden und hüllte sich in undurchdringliche Schwermut und Düsternis; und es blies ein scharfer Nordwind, der durch alle Ritzen drang, so daß es noch schwerer war als sonst, sich warmzuhalten. Ringsumher sah alles ziemlich trostlos aus.

Schon lange vor dem Aufstehen hatten sich April und June in ihren Betten gemeinsam Gedanken gemacht, ob ihre Mutter sie nach dem Mißgeschick mit dem Kakao ein weiteres Mal zum Tee und zum Singen einladen werde oder nicht. June war der Meinung, sie werde, weil Junes Erfahrung mit Müttern besagte, daß sie eine langmütige Spezies sind, die nicht so schnell in Wut gerät; aber April war die Hauptsünderin gewesen und voller Zweifel. Sie hätten sich wohl eher die Zunge abgebissen, als beim Frühstück damit anzufangen, aber sie schielten aus den Augenwinkeln sehr oft zu ihrer Mutter hin, während sie ihre Milchsuppe aßen – ja, so oft, daß ein oder zwei Löffel danebengingen und auf ihren Lätzchen anstatt in ihren Mündern landeten, wodurch sich May die Gelegenheit bot, *Schmutzfink* zu schreien, was sie sogleich mit sehr lauter Stimme, großer Erleichterung und innerer Zufriedenheit tat und sich auf diese Weise für die *pfuis* rächte, die ihr entgegengeschleudert worden waren.

Schmutzfink ist nicht gerade eine höfliche Bezeichnung für einen Menschen und bedeutet, daß die Person, die das Wort benutzt, eine andere Person für ausgesprochen schmutzig und ganz allgemein tadelnswert hält; aber es ist erstaunlich, wie erleichtert May war, als sie es aussprach – sie blühte richtig auf und ließ das Schniefen sein.

Die Mutter las gerade Briefe und schien von alldem überhaupt keine Notiz zu nehmen, und Séraphine, deren Aufgabe darin bestand, darauf zu achten, daß die Lätzchen nicht mehr als den ihnen gebührenden Teil vom Frühstück abbekamen, befaßte sich weder je mit den Lätzchen noch mit den Kindern, sondern saß da und starrte mit wildem, nichts Gutes verheißendem Blick ins Leere. Es gibt eben Tage, wo selbst die gütigsten Menschen mit dem linken Fuß zuerst aufstehen und während des ganzen Tages ihr inneres Gleichgewicht nicht wiederfinden und sogar andere Leute damit anstecken, und von Séraphines Gesicht ließ sich überdeutlich ablesen, daß sie genau das an diesem Morgen getan hatte. Ecken würden die Kinder den ganzen Tag über bei jeder Gelegenheit erwarten, falls sie sich viel bei Séraphine aufhielten, wie gewissenhaft sie auch den schmalen Pfad der Tugend beschreiten mochten; so nahm die Mutter April und June nach dem Frühstück mit in die Vorratskammer, und während sie Anweisungen für die Hauptmahlzeit erteilte, tollten die beiden unschuldig unter den herabhängenden Würsten herum, spielten zwischen den Fässern mit Essiggurken Verstecken und besuchten ihr Kätzchen von einst, das mittlerweile zu einer großen, mürrischen Katze herangewachsen war, aber eingedenk alter Zeiten immer noch geliebt wurde, auch weil es so unvergeßlich süß gewesen war, als sie es zum ersten Mal sahen, wo es zur Schulstunde in Herrn Schenks Jackentasche erschien: die Vorderpfötchen hatten auf dem Taschenrand geruht und das Köpfchen auf den Pfoten, und seine blauen, nunmehr so grünen und grimmigen Augen hatten verträumt in die Runde geblickt. Es war ein Kater, aber die Kinder nannten ihn Rosa.

»Was soll ich bloß heute mit meinen Kindern anstellen?« fragte sich die Mutter im stillen, während sie auf jeden Vorschlag der Köchin mit »ja« antwortete. Dann kam jemand aus dem Dorf, der sie sprechen wollte, und da sich daraus ein langes Gespräch entwickelte, mußte sie die Kinder zu Séraphine zurückschicken; dann wurde sie noch durch etwas anderes aufgehalten, und es dauerte fast eine Stunde, ehe sie sich losmachen und nachsehen konnte, was im Schulzimmer vor sich ging. Aber die Kinder hatten sich ein Spiel ausgedacht, das Séraphine in die Flucht getrieben und sie selbst gut bei Laune gehalten hatte. Sie hatten May aufs Sofa gelegt und sorgsam zugedeckt, ihr gesagt, sie sei schwer krank und müsse schlafen, und als die Mutter eintrat, liefen April und June im Zimmer auf und ab und brüllten in den höchsten Tönen deutsche Wiegenlieder.

»Sie soll schlafen«, erläuterte June ihrer Mutter mit Stentorstimme.

»Aber wie soll sie bei einem solchen Lärm schlafen können?«

»Das ist kein Lälm, das sind Wiegenliedel«, sagte June beleidigt, wandte sich ab und fing aufs neue an, etwas wie *Schlaf, Kindlein schlaf* zu brüllen, daß schier die Wände wackelten.

»Oh, sie niest so arg!« flüsterte April mit erhobenen Händen; »und so viele Male! So furchtbar viele Male!« Und da sie sah, daß May ihre Arme aus dem Kissen gezogen hatte, das ihr auf die Brust gelegt worden war, stürzte sie sich darauf, zerrte sie wieder unters Kissen, klopfte es sehr geräuschvoll glatt, beugte sich über die Kranke und schrie ihr »schlaf, Kindlein, schlaf« ins Ohr. Séraphine war nirgendwo zu sehen, und die Wiegenlieder konnten einen wahrhaftig um den Verstand bringen. May jedoch schienen sie zu gefallen, denn sie lag recht behaglich auf dem Sofa und genoß das Nichtstun; und obwohl sie ziemlich oft niesen mußte, schien sie sich doch ansonsten wohlzufühlen.

»Die Ohren des Kindes können nicht sehr empfindlich sein«, dachte die Mutter und machte sich, so schnell sie konnte, davon. Sie schloß sämtliche Türen zwischen dem Schulzimmer und dem Salon, und da Wiegenlieder nun mal in Mode waren, schrieb sie eine Melodie für *Hush-a-bye, Baby*.

Gegen Mittag sah alles freundlicher aus. Séraphine

war von der Singerei so taub geworden, daß sie das Weite gesucht und die Kinder in Ruhe gelassen hatte; die Mutter war erschöpft, aber froh, denn sie hatte drei Melodien zustande gebracht; das Thermometer war um etliche Grad gestiegen, die Sonne schien fröhlich, und die Kinder würden auf dem Bach am Ende des Gartens Schlittschuh laufen können. Es war Gründonnerstag, und sollte Tauwetter einsetzen, bestünde immer noch eine Chance auf ein grünes Osterfest, und die Eier würden doch noch im Garten versteckt werden können. Wenn der Garten zu Ostern gefroren ist oder es Regen gibt, müssen die Eier natürlich im Haus unter den Tischen und Stühlen versteckt werden, was nicht halb soviel Spaß macht; aber dort, wo die Kinder lebten, gab es am Ostersonntag fast immer heiteren blauen Himmel, und ihre Eiersuche im Freien war bisher noch nie vereitelt worden.

Die Mutter sah ihnen nach, als sie nach dem Mittagessen mit ihren Schlittschuhen ganz ausgelassen den vom Schnee freigeschaufelten Weg hinunterrannten, und selbst Séraphines Miene begann sich sogleich aufzuheitern, kaum daß sie in den wohltuenden Sonnenschein hinausgetreten war, und ihr Blick schien auszudrücken, daß das Leben im Grunde doch etwas sehr Angenehmes sei. »Und das ist es ja auch«, dachte die Mutter, wie sie da für einen Moment in der Sonne stand und, durch das Haus vor dem Nordwind geschützt, die reine kalte Luft einatmete, »und das wird es immer sein, solange es eine Sonne gibt, die scheint, und Menschen, die von Herzen dankbar sind.« Und sie ging ins Haus und schrieb noch drei Melodien.

Als sie fertig waren, lehnte sie sich in den Stuhl zurück und war sich über das Angenehme des Lebens gar nicht mehr so sicher. »Wenn ich nur keine mehr schreiben muß!« sagte sie zu sich. »Morgen ist Karfreitag, und die Kinder gehen in die Kirche. Am Ostersamstag kommt der Eierkorb, und jede wird fleißig ihre Eier verstecken. Am Ostersonntag werden sie wieder in die Kirche gehen und nachmittags Eier suchen. Und dann ist ja vielleicht der Schnee weg und die Schulstunden beginnen aufs neue, und der Garten wird von Tag zu Tag grüner, und ich muß mir nie, nie, nie wieder Melodien ausdenken!« Und sie gab einen tiefen Seufzer der Erleichterung von sich, denn sie hatte die Melodien ja nur komponiert, um die Kinder bei Laune zu halten, als sie nichts anderes hatten, was sie bei Laune hätte halten können, und ansonsten hätte sie das für niemanden und nichts auf der Welt getan.

Als die Kinder in der Dämmerung den freigeschaufelten Weg heruntergetrampelt kamen mit ihren Schlittschuhen, deren Kufen gegeneinander klirrten, und ihren erhitzten, fröhlichen Gesichtern, waren die Fenster der Bibliothek hell erleuchtet. Ihre Mutter kam ihnen an der Tür entgegen und hieß sie, geschwind ihre Mäntel ausziehen und zu ihr kommen, denn der Osterhase sei hiergewesen und habe etwas für sie dagelassen. Ich weiß nicht, ob diese Art von Hasen je nach England kommt, aber in Deutschland nimmt man an, daß sie all die Eier und Geschenke zu Ostern in einem Korb bringen, genau wie der Weihnachtsmann die Weihnachtsgeschenke bringt. Die Kinder hatten im Garten oft Hasen gesehen, aber die trugen nie Körbe auf dem Rükken, und es war nur der Mutter vergönnt, dem richtigen Osterhasen samt Korb und so weiter zu begegnen. Wenn die Osterzeit näherrückte, pflegte sie eines Abends aus dem Garten ins Haus zu kommen und zu sagen: »Wen, glaubt ihr wohl, habe ich im Gestrüpp getroffen, wo die Anemonen wachsen?« Und die Kinder lauschten dann immer mit runden Augen, wenn sie ihnen Aufzug, Auftreten und Äußerungen des Osterhasen schilderte. Stundenlang pirschten sie dann manchmal um das Gestrüpp herum, aber sie sahen ihn nie. »Er ist ziemlich scheu«, sagte die Mutter.

Es war erstaunlich, was dieser Osterhase alles zuwege brachte. Die Bibliothek erstrahlte im Kerzenlicht, und das Feuer loderte munter den großen Kamin hinauf, und über den niedrigen Tisch, um den drei kleine Stühle standen, hatte der Osterhase eine Tischdecke gebreitet und ein neues Puppen-Teeservice gestellt, das die Kinder noch nie gesehen hatten, mit Löffeln und Messern und winzigen Servietten, und mitten auf den Tisch hatte er einen kleinen Blumentopf plaziert, in dem ein richtiges Schneeglöckchen wuchs. Es gab eine ganze Menge Teller mit Gebäck und Butterbroten und

Teekuchen und Marmelade, denn die Teller waren so klein, daß die Kinder von einem allein niemals satt geworden wären, und auf der einen Seite des Schneeglöckchens stand ein Tellerchen mit weißen Rettichen und auf der anderen Seite eines mit roten Rettichen. Man kann sich kein festlicheres Gastmahl vorstellen. »Oh!« riefen die Kinder, als sie ins Zimmer traten.

»Das hat alles der Osterhase gemacht«, sagte die Mutter, »und euch sein bestes Teegeschirr geliehen. Heute nacht kommt er wieder rein, um es zu holen, weil er gerade um diese Zeit selbst ziemlich viele Parties gibt und es nicht lange entbehren kann.«

»O wie lieb er ist!« rief April und tanzte um den Tisch, während sich May ganz verzückt über die Rettiche beugte.

Aber June nahm ihre Mutter beiseite. »Ich möchte dil etwas sagen«, flüsterte sie mit einer Stimme, die tonlos klang, und zog ihre Mutter am Kleid in eine entfernte Ecke des Zimmers.

»Ja bitte?« sagte die Muter, sich zu ihr niederbeugend. June legte ihrer Mutter die Arme um den Hals und zog deren Kopf zu sich heran. »Ich glaub' nicht, daß es einen Ostelhasen gibt«, flüsterte sie laut und Unheil verkündend.

»Oh, du kitzelst mich!« rief die Mutter, indem sie sich mit einem Ruck wieder aufrichtete und sich das Ohr rieb.

»Ich glaube nicht, daß es Ostelhasen gibt«, fuhr June

im Tone düsterer Überzeugung fort, während sich ihre Mutter immer noch, ohne zu antworten, das Ohr rieb, »und ich glaube auch nicht, daß sie Kölbe haben. Ich glaube nicht, daß es je einen einzigen gegeben hat.«

Die Mutter stand da und schaute auf sie hinab, wobei sie sich ganz mechanisch das Ohr rieb. »Was bist du für ein schreckliches Kind«, murmelte sie schließlich; »warum glaubst du nicht daran? Als ich ein kleines Mädchen war, hab' ich an alles geglaubt.«

»Abel ich nicht«, sagte June und schüttelte den Kopf in einer Art feierlichem Triumph, als halte sie sich für sehr klug, weil sie nicht an alles glaubte, und betrachte das als einen großen Fortschritt gegenüber der Leichtgläubigkeit, die ihre Mutter in ihrer Jugend an den Tag gelegt habe; »es gibt keine Hasen mit Kölben, es gibt bloß Mamis.«

Da beugte sich die Mutter hinab und flüsterte ihr zu, es solle ein Geheimnis zwischen ihnen bleiben, und June war von dem Gedanken, ein Geheimnis mit ihrer Mutter zu teilen, so angetan, daß sie es seither getreulich bewahrte und nie einen Zweifel gegenüber April und May laut werden ließ, die bis heute fest daran glauben. Vor kurzem traf ich ihre Mutter, und die hat es mir erzählt.

Ganz wie es sich gehört, begann die Tee-Party mit einem deutschen Tischgebet, und dann setzte sich April auf den Stuhl bei der Teekanne und schenkte Tee ein; aber im Nu wurden ihr die kleinen Tassen wieder zum Nachschenken hingehalten, so daß sie keine Ruhe fand und gar nicht zum Essen kam. Und da May und June nicht warten wollten, bedienten sie sich selbst, wobei June drei Tassen trank, während die beiden anderen noch bei ihrer ersten waren, und deshalb war sie am Ende der Party so satt, daß sie nicht papp sagen konnte, und hatte sich sehr unbeliebt gemacht. Aber sie mochte das Gefühl, satt zu sein, und was das Unbeliebtsein betraf, ach, was kümmert sie das schon? Als ihre Schwestern voller Enttäuschung feststellen mußten, daß sie der Teekanne und dem Milchkrug keinen Tropfen mehr entlocken konnten, selbst wenn sie sie auf den Kopf stellten, lachte sie, bis ihr die Tränen über die Wangen kullerten. Jede von beiden hatte fünf Tassen getrunken, June jedoch fünfzehn. Eine solch haarsträubende Ungerechtigkeit und abstoßende Gier hätte wohl selbst einen Heiligen in Harnisch gebracht. April warf ihr über den Tisch einen vernichtenden Blick zu und rief mit Donnerstimme: »Nimmersatt!«

»Schaut mal her, Kinder«, schaltete sich die Mutter vom anderen Ende des Zimmers her ein, da sie das dumpfe Gefühl hatte, daß sich April nun gleich auf June stürzen und auf ihr herumhopsen werde, und aus Erfahrung wußte, daß eine Person mit fünfzehn Tassen Tee im Bauch dieser bei den Kindern so überaus beliebten Form der Züchtigung nicht unterzogen werden sollte: »Schaut her, Kinder, alle diese Melodien habe ich heute für euch gemacht. Habt ihr schon mal von einer so lieben Mami gehört? Wollt ihr denn nicht, daß ich euch die Geschichten dazu erzähle?«

Sie wußte, daß sich die Kinder auf diesen Vorschlag hin sogleich um sie drängen würden. Nichts liebten sie mehr, als Geschichten erzählt zu bekommen. Séraphine erzählte ihnen Schauergeschichten auf französisch, in denen immer Bären und Wölfe vorkamen, von denen jene Kinder verschlungen wurden, die ihre Kinderfrauen nicht so achteten und in Ehren hielten, wie diese es verdienten. Bestimmt kennt ihr diese Art von Geschichten – Geschichten, bei denen einem schier die Haare zu Berge stehen wollen, wenn man nachts aufwacht und darüber nachzudenken beginnt. Die Haare der Kinder konnten nicht zu Berge stehen, weil sie dafür zu lang und außerdem vorsichtshalber auf Lockenwickler gedreht waren; aber selbst wenn sie es gekonnt hätten, wären sie nicht zu Berge gestanden, denn die drei Mädchen waren glücklicherweise nicht so zartbesaitet und amüsierten sich bloß über Séraphines Bären. Vermutlich muß fast jedes Kind dieses Stadium durchmachen und sich die Ausgeburten der blühenden Phantasie seiner Kinderfrau in Gestalt von Bären und schwarzen Männern anhören, und man kann von Glück sagen, wenn das Opfer hartgesotten genug ist, um sich solche Geschichten nicht zu Herzen zu nehmen. Als die Mutter, von der ich euch hier erzähle, klein war – was sie in euch vorsintflutlich anmutenden Tagen gewesen war –, wachte sie über einen Zeitraum von fast drei Jahren

Nacht für Nacht auf, krank vor Angst, und zitterte wie Espenlaub. Und wovor, glaubt ihr, hatte sie Angst? Vor etwas, das man Donner des Jüngsten Gerichts nennt. Ihre Kinderfrau hatte ihr erzählt, er werde den Weltuntergang einläuten; mit dem Weltuntergang, sagte die Kinderfrau, könne man jede Nacht rechnen. Das Kind lag zitternd wach und wartete auf den Donner, der gewiß ein ganz entsetzlicher Schlag sein würde. In die Ohren hatte sie sich außer ihren Fingern noch so viele Strümpfe gesteckt, wie hineingehen mochten, und so lag sie während dieser Zeit jede Nacht im tiefsten Elend da und hätte doch eigentlich ruhig und friedlich schlafen können. Als sie erwachsen war und selbst Mutter wurde, stellte sie dankbar fest, daß ihre Kinder sich nicht so leicht kopfscheu machen ließen; und ich hoffe, alle Kinder, die dies lesen, werden sich ebensowenig kopfscheu und durch solche albernen Geschichten unglücklich machen lassen.

Die Mutter hielt einen richtigen kleinen Stapel von Liedern in der Hand, denn sie hatte, wie ich schon erwähnte, an diesem Tag tatsächlich sechs Melodien zustande gebracht. Die Kinder saßen zu ihren Füßen, und sie erzählte ihnen als erstes die Handlung der Kinderreime. Sie begann mit *Hush-a-bye, Baby* und seiner gefährlichen Lage, alleingelassen in seiner Wiege im Wipfel eines Baums. Die drei fanden, daß das Baby keine sehr liebe Mami gehabt haben könne, und fragten, ob es sich alle Knochen gebrochen habe, und wenn, ob es dann wieder zusammengeflickt wurde, und was aus der Wiege geworden sei, und ob der *Liebe Gott* nicht sehr böse auf die Mami gewesen sei, weil sie ihr Baby zu Bruch gehen ließ, und sie stellten noch eine Unmenge anderer Fragen, die nicht immer so ohne weiteres zu beantworten waren.

Das ist das Lied: *Hush-a-bye, Baby*.

Eiapopeia, hoch droben im Baum,
Schlummert ein Kindlein ganz selig im Traum.
Brausen die Winde, so fällt es herab,
Die Wiege zerschellt und wird ihm zum Grab.

Danach erzählte ihnen die Mutter von *Jack and Jill*, die am Morgen frohgemut und blitzsauber von zu Hause weggingen, um vom Pumpbrunnen auf dem Berg für ihre Mutter Wasser zum Kochen zu holen, und wie sie auf dem Rückweg zu streiten begannen, so wie es eben Buben und Mädchen tun, anstatt vorsichtig auf die lokkeren Steine zu treten, und wie Jack zu seiner Schwester hinüberlangte, um sie zu kneifen, und dabei ins Stolpern geriet und stürzte und sich den Kopf aufschlug und der Wassereimer auf ihn fiel, und wie Jill auf den Wassereimer fiel, und welch ein entsetzliches Durcheinander entstand, so daß statt zweier hübscher, sauberer, braver Kinder, die Wasser fürs Kochen brachten, ihre Mutter, nachdem sie so lang gewartet hatte, daß sie von Minute zu Minute ärgerlicher wurde, einen eingedellten Eimer, einen eingedellten Kopf und ein Paar triefender Kinder mit zerrissenen Kleidern und betretenen Gesichtern in die Küche kommen sah. »O ja! Es ist schlimm, wenn sich Kinder streiten!« bemerkte die Mutter, um auf die Moral der so tragisch ausgehenden Geschichte hinzuweisen, als sie damit fertig war; und sie wiegte mehrmals den Kopf hin und her und verdrehte die Augen so weit nach oben, daß die Kinder zu ihren Füßen das, was sie die Dotter nannten, überhaupt nicht mehr sehen konnten, sondern nur das Weiße darin, und sie waren tief beeindruckt. Sie begannen nun ebenfalls, ihre Köpfe hin- und herzuwiegen, indem sie sie langsam von einer Seite zur anderen bewegten, und ihr ganzes Mitgefühl galt der Mutter von Jack und Jill. Aber June warf ein, daß überhaupt nichts passiert wäre, wenn der Brunnen nicht auf einem Berg gestanden hätte. »Auf Belgen habe ich noch nie Pumpblunnen gesehen«, fügte sie hinzu, womit sie absolut recht hatte, denn dort, wo sie lebte, gab es keine Berge, und es gab nur einen Pumpbrunnen.

Dies nun ist die Melodie zu *Jack and Jill*:

Bärbel und Bert gingen auf den Berg,
Um Wasser im Eimer zu holen,
Bert fiel hin, verletzt' sich am Kinn,
Bärbel fiel auch, und zwar auf den Bauch.

Dann erzählte ihnen die Mutter von der Miezekatze, die eigens nach London reiste, um einen Blick auf die Königin zu erhaschen, am Ende aber nichts weiter ausrichtete, als ein armes Mäuschen unter einen Sessel zu jagen und es furchtbar zu erschrecken, was sie natürlich zu Hause ebensogut hätte tun und sich somit sämtliche Reisekosten ersparen können.

»Wal sie eine deutsche Mieze?« fragte June.

»Oh, die armen deutschen Miezen sind viel zu beschäftigt damit, all den Steinen auszuweichen, die auf sie geworfen werden, als daß sie Zeit hätten, irgendwohin zu fahren und sich einen schönen Tag zu machen. Diese hier muß eine englische Mieze gewesen sein, gutgenährt und gehätschelt, mit freundlichem Herrchen und Frauchen, die sie täglich streicheln und ihr Milch geben.«

Die Kinder saßen da und schauten ins Feuer. Eine zufriedene, leutselige Schmusekatze war ihnen noch nicht begegnet. Dort, wo sie lebten, waren die armen Katzen genötigt, wild zu sein und ihr Leben jagenderweise in den Feldern und Wäldern zu verbringen, weil sie, wann immer sie sich in Reichweite eines Steines und einer Person, die ihn werfen konnte, blicken ließen, damit rechnen mußten, daß sie nicht mit heiler Haut davonkamen. Wenn einem Mann, der ein Gewehr bei sich hatte, eine Katze über den Weg lief, schoß er sie natürlich tot. Wenn eine alte Jungfer sich eine Katze hielt, wie es alte Jungfern manchmal tun, kam diese mit Sicherheit früher oder später von einem Abendspaziergang ohne Ohren nach Hause, die ihr der nächstbeste Bauer abgeschnitten hatte, in der Hoffnung, ihr auf diese Weise, da nun Regen und Tau in die ungeschützten Teile ihres Körpers drangen, die Lust, in seinen Feldern zu jagen, für alle Zeit gründlich auszutreiben, und wenn sie das nächste Mal von einem abendlichen Streifzug heimkäme, dann wahrscheinlich als Leiche.

Die Kinder hatten selbst Kätzchen gehabt, die sie liebten und verloren. Kaum waren sie groß genug, verlegten sie sich aufs Bäumeklettern und Nesträubern, und schließlich blieben sie ganz weg. Es lag ihnen im Blut, dem Blut alter deutscher Katzen, das viele Reihen von Vätern und Müttern durchlaufen hatte, die auch mit Steinen beworfen worden waren und Bäume erklettert und Vögel gefressen hatten; und was soll eine arme Katze denn machen? Rosa, die schwarze Katze in der Küche, hatte so merkwürdige und unfreundliche Gewohnheiten wie Fauchen, Beißen und Kratzen angenommen, daß sie aus dem Kinderzimmer verbannt worden war. Die Dienstboten duldeten sie nur deshalb, weil sie die Mäuse fing, und selbst sie (ich meine die Dienstboten, nicht die Mäuse) gingen nie an ihr vorbei, ohne sie am Schwanz zu ziehen. Wie schrecklich muß es sein, sein Leben lang ein Ding hinter sich herschleppen zu müssen, an dem einen jeder, der dazu Lust hat, ziehen kann! Kein Wunder, daß die arme Rosa so launisch war.

Aber wie, dachten die Kinder, sehen diese englischen Katzen wohl aus, diese herrlichen Katzen, die in Freiheit und Überfluß leben, von denen ihnen ihre Mutter so oft erzählte? Entzückende Miezekätzchen mit fröhlichen Gesichtern, unversehrten Ohren und Schleifen um den Hals, oftmals die verhätscheltsten

Geschöpfe im ganzen Haus, die sich, vertrauensvoll und schnurrend, selbst an den Beinen von Fremden rieben, ihre Tage behaglich dösend vor dem Kamin verbrachten und mit hocherhobenem Schwanz umherstolzierten, an dem sie nie jemand zog? Die Kinder konnten sich so einen glücklichen Zustand nur schwer vorstellen; aber die Mutter zeigte ihnen ab und zu die Katzenbilder in englischen Wochenzeitschriften, und das waren ganz bestimmt genau solche Katzen, wie sie sie beschrieben hatte, mit Schleifen und so weiter. Einmal nahmen sie zu Kater Rosa eine Schleife mit, näherten sich ihm schüchtern und erboten sich mit höflichen, einschmeichelnden Worten, sie ihm um den Hals zu binden; aber er sprang aus seinem Sessel, rannte unter den Tisch, duckte sich dort zusammen und starrte sie aus dem Dunkel mit glühenden Augen an, so daß sie bekümmert von dannen gingen, denn in seinen Tagen der Unschuld hatten sie ihn doch so geliebt.

Und so lautet die Melodie von *Pussy Cat . . . Pussy Cat, Pussy Cat.*

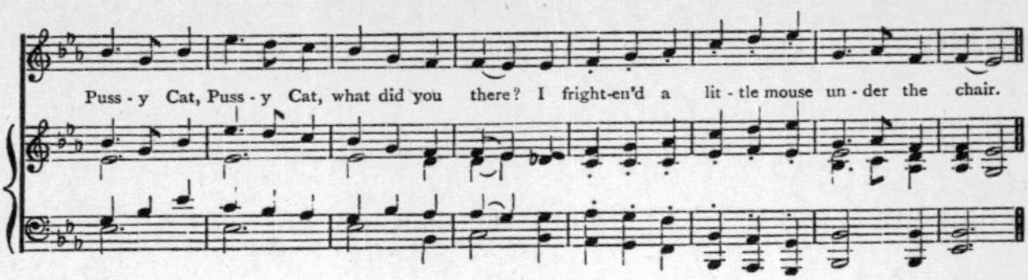

Miezekätzchen, Miezekätzchen, wo warst du vorhin?
In London, zu schauen die Königin.
Miezekätzchen, Miezekätzchen, wie ist dir's ergangen?
Recht gut, fast hätt' ich ein Mäuslein gefangen.

Der nächste Kinderreim, den die Mutter sich vornahm, war der über *Curly Locks*. Ihr Kinder in England kennt ihn natürlich alle – wie jemand, der sie offensichtlich heiraten wollte, ihr versprach, immer auf einem weichen Kissen sitzen zu dürfen, wenn sie nur die Seine würde, und statt Geschirr zu spülen und Schweine zu füttern, was sie tat, als er ihr seinen Heiratsantrag machte, sollte sie ihr Leben lang auf dem Kissen sitzen und nähen und zwischendurch mit Erdbeeren, Zucker und Sahne gefüttert werden.

»Erdbeeren mit Sahne, Kinder, ist ja etwas recht Leckeres.«

»O ja!« seufzten die Kinder.

»Aber den ganzen Tag auf einem Kissen zu sitzen und Handarbeiten zu machen würde mir nicht gefallen.«

»Nein, nein«, pflichteten ihr die Kinder bei.

»Und ich weiß, was ich an Curly Locks' Stelle getan

hätte – ich hätte den jungen Mann seiner Wege gehen lassen und wäre bei den Schweinen geblieben.«

»Aber die Erdbeeren?« gab May schüchtern zu bedenken.

»O *ja!*« seufzte April.

»Ich hätte auch auf die Erdbeeren verzichtet«, sagte die Mutter, »alles lieber als das warme Kissen und die Näherei.«

»*Ach nein!*« seufzte April leise und schüttelte den Kopf, »ich würde lieber die Erdbeeren nehmen.« Und die beiden anderen nickten zustimmend.

»Aber wir wissen nicht, wofür sich Curly Locks entschieden hat«, sagte die Mutter, »denn weiter geht der Kinderreim nicht. Vielleicht hat sie ihn tatsächlich geheiratet und sitzt bis zum heutigen Tag auf ihrem Kissen und ist schrecklich dick geworden, weil sie sich nie bewegt und so viel Zucker und Sahne gegessen hat, und bringt nicht einmal mehr die Energie auf, sich ihre Haare zu locken. Aber vielleicht war sie ja klug und blieb bei den Schweinen.«

»O *nein!*« widersprachen die Kinder sanft. »Die Erdbeeren sind besser.«

Die Mutter lachte. Erdbeeren erschienen gerade damals besonders verlockend, als noch Schnee lag und man auf Monate hinaus keine Aussicht hatte, welche zu bekommen. »Curly Locks war jedenfalls ein kleiner Engel«, sagte sie und legte sich die Melodie zurecht, »und sie hat bestimmt die richtige Wahl getroffen.«

»O *ja!* « murmelten die Kinder, »sie wählte die Erdbeeren.«

»Na schön«, sagte die Mutter.

Dies ist die Melodie für *Curly Locks*:

Löckchen, Goldlöckchen, sei doch die meine,
Brauchst weder zu spülen noch füttern die Schweine;
Sollst nähen dein Lebtag und sitzen auf Daunen,
Dich laben von Erdbeer'n, Sahne und Pflaumen.

Nun waren nur noch zwei Kinderreime übrig, und die Mutter nahm den, der zuoberst lag. Es war *Sing a Song of Sixpence*. Aber das Wort ›pie‹ darin stellte ein Problem dar, weil es pies und pie-dishes in Deutschland nicht gibt, und die Kinder hatten noch nie welche gesehen und schienen sich so etwas auch nicht vorstellen zu können.

»Was ist ein pie?« fragte June sogleich; und die Mutter erklärte ihnen nun pies, sehr klar und deutlich, wie sie meinte. Sie erklärte pies in Theorie und Praxis, ihre Natur und ihre Verwendungsmöglichkeiten; pies im besonderen und pies im allgemeinen, und von den pies im besonderen speziell den pie mit seinen herrlichen Amseln, die unverzagt weitersangen, ungeachtet der Tatsache, daß sie mitgekocht worden waren; und als sie ihre Ausführungen beendet hatte und in die Runde blickte, ob sie ein Aufblitzen von Interesse entdecke, saßen die Kinder da und starrten teilnahmslos ins Feuer, und June sagte lediglich: »Aber was ist denn nun ein pie?«

Hierauf ging die Mutter ins Detail und verbreitete sich wortgewandt über die Wonnen jener bei englischen Kindern so beliebten pies – im Frühsommer Stachelbeer-Pie, etwas später im Jahr dann Kirsch-Pie, und im Herbst dann Pflaumen- und Apfel-Pie, und zu Weihnachten jene besonderen pies, die nach dem Hackfleisch benannt sind.

Aber die Kinder saßen völlig ungerührt da.

Da nahm die Mutter *The Fairchild Family* aus dem Bücherregal, ein altes Kinderbuch, das euere Großmütter zu lesen pflegten und dessen Seiten von pies nur so strotzen, und sie las die Beschreibungen all jener pies vor, die die Familie Fairchild aß, hoffte sie doch immer noch, den Kindern die Augen zum Glänzen bringen und ihnen den Mund wässerig machen zu können. Die Familie Fairchild aß sehr viele pies. In der Regel wurden sie aus Himbeeren und Johannisbeeren zubereitet, manchmal waren sie heiß und manchmal kalt, und manchmal bestanden sie nur aus Äpfeln; aber die Familie war so versessen darauf, daß Mr. Fairchild, wann immer ein pie auf dem Tisch erschien, bei seinem Anblick ausrief: »Welche himmlische Köstlichkeiten uns bereits in dieser Welt zuteil werden!« oder sich ähnlich erstaunt und entzückt vernehmen ließ. »Alle setzten sich«, las die Mutter vor, mit großem Nachdruck und ein Auge auf die Kinder gerichtet, »alle setzten sich überglücklich zu Tisch, um gebratenen Truthahn und etwas gekochten Schinken mit köstlichen kalten Korinthen und Himbeer-Pie zu essen.«

Aber die Kinder blieben auch davon unbeeindruckt.

»Ich werde mir aus England ein pie-dish schicken lassen, Kinder«, versprach sie unbedacht und in dem krampfhaften Bemühen, ihnen einen Funken von Begeisterung zu entlocken, »und dann machen wir all die Pasteten, von denen ich euch erzählt habe.«

Aber die Kinder gaben keinen Mucks von sich.

»Oder, was noch toller wäre«, versprach sie sogleich noch unbedachter, »ich fahre mit euch nach England, nur damit ihr mal pies essen könnt!«

Aber die Kinder saßen da wie die Ölgötzen.

Die Mutter gab es auf.

Und das ist das Lied: *Sing a Song of Sixpence.*

Vierundzwanzig Amseln in seinem Kuchen,
Ging er voll Stolz den König besuchen.
Er schnitt an den Kuchen, da sangen sie los,
Der König fand dies ganz famos.

»Das letzte Lied«, sagte die Mutter, »wird nur von zwei Kindern gesungen, denn es ist ein Duett. May kann es heute abend sowieso nicht einstudieren, weil sie erkältet ist, also sollen es April und June singen.«

Es war *Where are you going to, my pretty maid?* Die Mutter erzählte ihnen zuerst die Geschichte und schilderte dann, wie wunderschön die schöne Maid war, der junge Mann sie aber, sobald er merkte, daß sie kein Geld hatte, doch nicht heiraten wollte.

»Aber warum muß sie denn Geld haben?« fragte April.

»*Ich* habe sieben *Pfennige*«, sagte June und bemühte sich, nicht hochmütig zu wirken.

»Erst fragt er sie, ob sie ihn heiraten will, und dann sagt er, daß er sie nicht heiraten will?« wollte April ganz erstaunt wissen.

»Aber Mami, war sie denn eine richtige Kuhmagd?« fragte May.

»Ja, sie ging gerade zum Melken, als er des Wegs kam.«

»Und so schön?«

»Oh, sie war so schön, daß er sie auf der Stelle heiraten wollte.«

»Ich habe noch keine schöne Kuhmagd gesehen«, bemerkte May.

»Ich auch nicht«, gestand die Mutter; und auch sonst hatte noch niemand in der Gegend, wo die Kinder lebten, eine solche gesehen. Manchmal gingen die Kinder in die Kuhställe, und dort standen zwar, so weit das Auge reichte, die Kühe in langen Reihen, und es gab sehr viele Kuhmägde, die eifrig molken, aber schön hätte man sie beim besten Willen nicht nennen können. Sie waren sehr kräftig und sehr groß, trugen kurze Röcke, die ihnen bis zu den Knien reichten, hatten nackte Beine und Füße, und sie molken sehr gut und waren durchaus achtbar, aber schön waren sie nicht. Die meisten waren verheiratet, mit großen Familien, und schon recht alt; und die fröhliche kleine Kuhmagd, die in Strümpfen und Schuhen durch den Hahnenfuß trippelt und ein Gesicht wie eine Blume hat, war deshalb dem Vorstellungsvermögen der Kinder fast ebenso schwer zu vermitteln wie der pie.

»Sie war nicht wie die Kuhmägde hierzulande«, erklärte die Mutter; »sie lebte in England, wo es die glücklichen Katzen und die pies gibt.«

»Und zuerst fragte er, ob sie ihn heiraten will, und dann sagt er, daß er sie nicht heiraten will?« wiederholte April, der dieses Verhalten absonderlich erschien.

»Oh, sie machte sich nicht viel daraus und lachte bloß, als er ging.«

»Magst du denn diesen Mann, Mami?« fragte June.

»Nicht besonders«, sagte die Mutter.

»Ich auch nicht besondels«, sagte June mit Entschiedenheit, »ich auch übelhaupt nicht besondels.«

Aber June und ihre beiden Schwestern hielten sowieso alle männlichen Wesen für minderwertigere Geschöpfe, weil sie in ihrem ganzen Leben nur einen Jungen kennengelernt hatten, und den konnten sie niederringen. Natürlich sahen sie ab und zu kleine Jungen von weitem, wenn sie am Ende der Dorfstraße vorübergingen oder am Meer waren, aber es gab nur einen Jungen, mit dem sie spielen konnten, da die Familien im Umkreis zufälligerweise nur aus Mädchen bestanden. Bei seiner ersten Einführung in ihre Mitte war er mit seiner Mutter zum Tee gekommen, und nach dem Tee, während die beiden Mütter auf dem Sofa saßen und ihren Kindern zusahen und jede bei sich dachte, wieviel entzückender ihre eigenen doch seien, sagten die Kinder: »Jetzt laß uns spielen.«

»Komm, Junge«, sagte June und packte ihn am Arm, da er keine Anstalten machte, sich von der Stelle zu bewegen, »komm – hölst du nicht? Wil spielen jetzt.«

»Ich spiele nie mit kleinen Mädchen«, sagte der Junge. Die Kinder starrten ihn entgeistert an. »Warum denn nicht?« fragten sie.

»Sie sind viel zu dumm. Sie können nicht Soldat werden, wenn sie groß sind, und können nicht kämpfen. Ich werde Soldat und kämpfe gegen alle und töte sie auch.« Und er marschierte im Zimmer auf und ab mit hocherhobenem Kopf und durchgedrücktem Kreuz und vollführte auf die Kinder, als sie an ihm vorbeigingen, blutdürstige Attacken.

»Halt schon ein richtiger kleiner Mann«, flüsterte die begeisterte Mama auf dem Sofa.

»Ich welde auch Soldat!« rief June aus, ganz Feuer und Flamme vor Begeisterung; und sie marschierte nun neben ihm her.

»Das geht doch nicht, du dumme Gans, du bist doch nur ein Mädchen.«

»Oh, das macht nichts!« schrie sie in ihrer üblichen Unbekümmertheit.

»Na, du bist aber blöd«, sagte der Junge mit abgrundtiefer Verachtung.

»*Du* bist blöd!« schrie June und versetzte ihm einen gewaltigen Stoß.

Er lag sofort auf dem Boden, denn obwohl er größer war als sie und auch älter, war er doch nicht halb so stämmig und entschlossen wie sie; und sie verlor keine Zeit, sich auf ihn zu setzen und wie wild auf ihm herumzuhopsen, da dies, wie ich schon erwähnt habe, eine besonders beliebte Form der Rache war. Und weil niemand eine Person respektieren kann, die er zu Boden geworfen hat und auf der er herumgehopst ist, und weil die drei Mädchen daraus den Schluß zogen, daß zweifellos alle Buben so seien, hielten sie sie, insbesondere June, für einen fraglos minderwertigen Verein.

»Schürz dein Kleid hoch, April«, sagte die Mutter. »Du bist jetzt der junge Mann, und June ist die schöne Maid. Kommt, wir gehen zum Klavier, und ich zeige euch, wie ihr spielen müßt. May kann zuschauen und klatschen.«

Die Kinder trugen blaue Kleider mit passenden blauen Knickerbocker darunter, und April mußte nur ihren Rock schürzen, und schon sah sie genau aus wie ein Junge, dem man die Locken nicht abgeschnitten hatte. Alle gingen zum Klavier, und die Mutter brachte ihnen die Melodie bei. Hier ist sie: *Where are you going to, my pretty maid?*

Wohin des Wegs, du schöne Maid?
Zum Melken, Herr, 's ist höchste Zeit.
Darf mit dir gehn ich, liebes Kind?
Gewiß, mein Herr, sagt sie geschwind.
Wer ist dein Vater, hübsches Mädchen?
Bauer, Herr, in diesem Städtchen.
Sag, willst du werden meine Frau?
Recht gern, mein Herr, sagt sie drauf schlau.
Was bringst du mit als Hochzeitsgabe?
Dies mein Gesicht ist meine Habe.
Dann kann ich dich nicht freien, schöne Maid.
Schon gut, sagt sie, ich weiß Bescheid.

Es war das einzige Lied von den sechs neuen, die sie an diesem Abend lernen sollten, denn es war bereits höchste Zeit zum Schlafengehen. May saß auf einem Sofa in der Nähe und klatschte frenetisch Beifall. June gab eine sehr aufgeweckte Kuhmagd ab, und als ihr der junge Mann erklärte, er werde sie nicht heiraten, begann sie mit ihm zu boxen, und da er Reißaus nahm und floh, jagte sie ihn unentwegt im Kreis herum und kreischte trotzig: »Nobody asked you, Sir«, bis ihr die Luft ausging. Das Publikum auf dem Sofa war begeistert und klatschte und rief Hurra aus Leibeskräften. Die Aufführung mußte mehrmals wiederholt werden, und die Mutter war überglücklich, daß die drei so gern Lieder lernten. Es waren nämlich Kinder, die man sehr leicht zufriedenstellen konnte.

Dann erschien Séraphine in der Tür, und wenn sie auch nichts sagte, sprach doch ihr Blick derart unmißverständlich von Waschschüsseln und Zeit zum Schlafen, daß die Mutter alle drei auf einmal in die Arme nahm, sie ein letztes Mal an sich drückte, sie zur Eile antrieb und versprach, zum Gute-Nacht-Sagen zu kommen, wenn sie im Bett wären.

»Heute abend sind englische Gebete dran«, sagte April im Weggehen. »Willst du nicht kommen, wenn wir sie sprechen, Mami?«

»Ja, ich komme. Ab jetzt, meine Engelchen!«

Als sie weg waren, legte die Mutter die Notenblätter zusammen und begann, das Klavier zu verschließen.

Den Kindern waren von Herrn Schenk und Séraphine so viele Gebete beigebracht worden, daß man drei Abteilungen hatte bilden müssen: am einen Abend wurden die deutschen gesprochen, am nächsten die französischen und am darauffolgenden die englischen. Zu Herrn Schenks Abteilung gehörte neben den Gebeten auch ein Kirchenlied, und in Séraphines Abteilung gab es eine wehmütige Melodie zu einem kurzen Gebet: nur in der englischen Abteilung fand sich kein einziges Lied, obwohl auch *Gentle Jesus, meek and mild* Bestandteil der Gebete war.

Als die Mutter langsam das Klavier zuklappte und die Sachen ein wenig zurechtrückte, ging ihr dieses Gebet durch den Kopf, und sie kam zu dem Schluß, daß es ihr nun eigentlich auch nichts mehr ausmache, noch eine Melodie zu schreiben, und da es ein Kirchenlied sein würde, fände ihre Woche des Komponierens auf diese Weise einen hübschen und würdigen Abschluß. Es hatte sie so viel Zeit gekostet, mit den anderen Melodien zu Rande zu kommen, es war so mühsam und mit solchen inneren Qualen verbunden gewesen, und so kann ich mir nicht erklären, weshalb, aber dieses Lied war in fünf Minuten fertig, und als sie nach oben ging, um den Kindern gute Nacht zu sagen, war es ins Reine geschrieben und lag bereit, damit sie es am nächsten Morgen lernen konnten.

Und so lernten sie es am nächsten Tag und singen es seitdem immer an den Abenden, die den englischen

Gebeten vorbehalten sind. Und die drei sehen so brav und engelsgleich dabei aus, wie sie in ihren langen Nachthemden nebeneinander knien, die Köpfe gebeugt und die Hände gefaltet, daß die Mutter, die in ihrer Mitte sitzt, überzeugt ist, die liebsten Kinder von der Welt zu haben. Aber da andere Mütter von *ihren* Kindern genau dasselbe denken und da nicht alle recht behalten können, verhält es sich bei den Frühlingskindern nicht ganz so, obwohl ich weiß, daß sie sehr lieb sind. Hier ist die Melodie: *Gentle Jesus, meek and mild.*

Süßer Jesus, sanft und mild,
Schau herab auf dieses Kind,
Erbarm dich meiner Einfalt groß,
Nimm mich auf in deinen Schoß
Süßer Jesus, sanft und mild.

Daß man mich zu dir nun bringe
Damit ich dir Loblieder singe,
In deiner Gnade hehrem Reich,
Laß dies Kind dir werden gleich,
Süßer Jesus, sanft und mild.

Und als die Mutter eine halbe Stunde später als versprochen nach oben ging und sie in ihren Bettchen zudeckte, waren sie so müde, daß sie die Augen nicht mehr offenhalten konnten. »Gute Nacht, ihr Süßen«, sagte sie, beugte sich der Reihe nach über jedes Bettchen und küßte das schläfrige Kind darin.

»Gute Nacht, du süße Mami«, sagten die Kinder mit schwachen Stimmchen.

»Es war lustig, nicht?«

»Und wie!« murmelten die Kinder mit geschlossenen Augen.

»Gott segne euch, liebe Kinder.«

»Gott segne dich, liebe Mami« – und eine Stimme aus dem Dunkel fügte dann noch sehr langsam und schläfrig hinzu: »Schlaf – gut – Mamilein – und tläum – von – einem – schönen Engel –«

Nachwort

22. Mai 1896: Rollwagen, teils direkt aus Berlin kommend, teils vom Bahnhof des nahe gelegenen Stettin, hatten Umzugsgut herbeigebracht, denn das Haus war endlich so weit bewohnbar, daß Mann und Töchter in Nassenheide, dem neuen pommerschen Wohnsitz der Familie von Arnim, eintreffen konnten. Wochenlang hatte sich die Gräfin hier aufgehalten, hatte geplant, Handwerker beauftragt und beaufsichtigt, Personal gesucht und eingestellt.

Das Schloß, so nannten Dorfbewohner das uralte verwinkelte Gebäude, war vor dem Dreißigjährigen Krieg ein Kloster – der alte Grundriß blieb noch deutlich erkennbar: Die ehemalige Kapelle diente nun als Eingangshalle, aus winzigen Zellen wurden Kinderzimmer, Gästezimmer, das Refugium der Nurse, das einzige Badezimmer, und *Room 13* war es bestimmt, einmal Arbeitsraum der Hausherrin zu sein. Das langgestreckte ehemalige Refektorium präsentierte sich als Salon mit Fensterfront zum Garten. Lichte Eleganz korrespondierte mit dem Ausblick auf buchsgefaßte Rosenbeete, Entwurf eines preußischen Gesandten in Stockholm mit Vorliebe fürs Südeuropäische – viele der Parkbäume hatte er als Ableger von seinen Reisen mitgebracht.

Letztes Glied in der Reihe der Vorbesitzer war Harry Graf von Arnim, Vater des jetzigen Gutsherrn Henning August Graf von Arnim-Schlagenthin. Auf noch nicht lange zurückliegende Glanzzeiten des Schlosses verweisen hochherrschaftliche Attribute wie Livreen der Diener und eine wappenverzierte Kutsche.

Mütter schwanken in der Beurteilung ihres Nachwuchses nicht selten zwischen zwei Extremen. Und mal *specially fascinating* fand den ihren darum auch die Gräfin Arnim anläßlich einer Teegesellschaft mit Freunden, mal *a fiasco* ausgerechnet während des Besuchs vornehmer Verwandtschaft. Eines der drei Kinder, von denen hier die Rede ist, untermauerte unbewußt noch nach Jahrzehnten die Einschätzung seiner Mutter: *Unzählige Erzieher haben sich um uns bemüht, und wenn wir nicht so ›widerliche‹ Kinder gewesen wären, hätten wir bestimmt zu Musterkindern ausarten müssen. Die meisten unserer teils englischen, teils deutschen Lehrerinnen und Lehrer haßten uns aus ganzem Herzen – und hatten alle Ursache dazu. Wir drei . . . bildeten auch bestimmt eine kolossale Macht, die sich verschworen hatte, ihnen das Leben so schwer wie möglich zu machen.* Diejenige, die ihren ehemaligen Gegnern im Alter nachträglich Gerechtigkeit widerfahren ließ, war Beatrix Edith von Hirschberg, eine im April 1894 geborene ehemalige Freiin von Arnim. Das *April-Kind?* Mitnichten. Beatrix hörte, wenn es um literarische Zeugnisse ihrer Mutter ging, auf *June*. *Das April-Kind* fand im Dezember 1891 als Eva Sophia Luise Anna Felicitas Eintrag ins von Arnimsche Stammbuch, gefolgt von Elizabeth Irene, die im Februar 1893 das Licht der Welt erblickte, wir kennen sie als *May*. *April*, *May* und *June*. So zwangsläufig, wie jene Monate sich aneinanderreihen, erschienen Evi, Liebet und Trix. Zwei Alptraum-Geburten in Berlin, dann eine von der werdenden Mutter erkämpfte sanfte in London innerhalb von 27 Monaten – drei Fehlversuche, wenn man die unmißverständlich erklärte Bedeutung eines männlichen Erben berücksichtigt. Aber das ist eine andere Geschichte.

In der vorösterlichen Zeit des Jahres 1899, als die Gräfin mit einem weiteren Baby und einem Kinderbuch schwanger ging, als sich die Idee in ihrem Kopf festsetzte, den *April-*, *May- und June-Babies* nach deren Nebenrollen in *Elizabeth und ihr Garten* und in *Einsamer Sommer* eine ureigene Bühne einzurichten, zählten deren springlebendige Vorbilder tatsächlich sieben, sechs und fünf Jahre. Zumindest während der Spielzeit im Freien galten Evi, Liebet und Trix als entzückende kleine Mädchen. Am Vater hingen sie mit vorsichtiger Zärtlichkeit, da er hier und da brummig reagierte und seine drei Plagegeister gutmütig aufzuziehen pflegte. An ihrer gegenüber Henning von Arnim um fünfzehn Jahre jüngeren, bezaubernden Mutter hingen sie allerdings wie die Kletten. Das nimmt nicht wunder, denn das Verhalten der vielbeschäftigten, nun zweiunddreißigjährigen Erfolgsautorin Elizabeth von Arnim (eigentlich lauten ihre Vornamen Mary Annette, doch das Pseudonym »Elizabeth«, unter dem sie veröffentlichte, fand auch im Alltag Anklang) hob sich von dem konventioneller *hochgeborener* und auch von dem sonstiger Geschlechtsgenossinnen deutlich ab. *Was für 'ne komische Mutti!*, staunten die gerade deshalb in anbetender Verehrung für sie schwärmenden Töchter. *Sieht Mummy in ihrem Abendkleid nicht aus wie eine Fee?* flüsterte Liebet ihrer Erzieherin ins Ohr. *Sie hat noch viel schönere,* mußte Trix gleich darauf loswerden, und mit *Sie kann anhaben, was sie will, sie ist immer schön,* setzte Evi bei der Prozession von der Bibliothek zum Speisezimmer noch eins drauf. Gräfin Arnim, die tagsüber in derbem Tuch dem Leben im Freien huldigte, war in Seide und Spitze, juwelengeschmückt, kaum wiederzuerkennen. Der Graf und die Kinder, die Mademoiselle (aus Joséphine wurde im Buch Séraphine), der deutsche Hauslehrer (erwähnter Herr Schenk hieß eigentlich Braun), späterhin auch englische Tutoren, eine Gouvernante paßten sich an. Zum förmlichen Dinner lösten die kleinen Mädchen ihre Zöpfe, vertauschten blaue Sergekittel, dunkle grobgewebte Röcke, Matrosenblusen oder Lodenkostümchen mit duftigen weißen Kleidern, die festen Stiefel und groben schwarzen Wollstrümpfe gegen Lackschuhe und feineres Gestrick. Konversation bei Tisch erfolgte wechselweise in drei – auch von den Töchtern beherrschten – Sprachen.

Doch was war diese allabendliche Zeremonie gegenüber wirklichen Glanzlichtern einer Kindheit in und um Nassenheide, beispielsweise denen von Dezember bis März: ein typisch deutsches Weihnachtsfest mit Bescherung für alle Bediensteten und für die Dorfjugend, mit lodernden Kaminfeuern, christbaumseligen Kindern – Spickgans und Bleigießen zum Jahreswechsel – Schlittschuhlaufen über dunkelgrünbraun schimmerndes Eis in Drainagegräben bis zu der Stelle, wo Pferdeschlitten auf eine Heimfahrt mit Glöckchengeläut durch knirschenden Schnee warteten – Rodeln an den Flanken der Schwedenschanzen (den streckenweise schlittenziehenden Hund gab es wirklich, eine riesige Dogge namens Treff) – und erst die Ausflüge, dick eingemummt in Pelze, bis hinauf zum Haff: ... *angelangt, kam ein kleiner englischer Picknickkorb zum Vorschein, auf einem Spirituskocher wurde Teewasser zubereitet, und meine Mutter verteilte kleine zarte Sandwiches, die uns um vieles besser mundeten als das dickgeschnittene Butterbrot, das wir täglich im Schulzimmer unter den strengen Augen der Gouvernanten bekamen.* Trix ist es, die sich erinnert, eine Feinschmeckerin, wie es scheint, denn von ihr stammen auch Reminiszenzen ans Kartoffelprobeessen, Kartoffeln, die Henning von Arnim, ambitionierter Landwirt, mit dem Ziel einer »Perfect Pomerian Potatoe« züchtete. *Immer neue Sorten wurden auf den Tisch gebracht. Nebeneinander stand eine Reihe von Pappdekkeln, mit verschiedenen Kartoffelfamilien gefüllt, und dann mußten wir alle probieren und kritisch beurteilen, welche Familie am besten schmeckte. Wir setzten Kennermienen auf und versuchten möglichst intelligente Gutachten abzu-*

geben, obwohl uns eine Kartoffel wie die andere schmeckte und wir trotz aller Bemühungen keinen Unterschied entdekken konnten. Aber zugeben konnten wir es natürlich nicht.

Zu viele Kostproben neben der eigentlichen Mahlzeit hätte man den dreien allerdings nicht erlaubt, denn Dickwerden galt als absolut tadelnswürdiges Vergehen, das unabwendbar nach Konsequenzen schrie. *Ten times round!* lautete die dann von der Gräfin ausgegebene Parole, das hieß: im Laufschritt zum Eishaus in der Mitte des Parks, zehnmal das Eishaus umrunden und im Laufschritt zurück. Zuwiderhandlungen gegen solche und andere Befehle waren noch weniger gelitten, und die Mutter zeigte sich in Sachen Hiebe absolut nicht zimperlich. Mit *April, May und June*, den literarischen Alter egos ihrer Kinder, läßt sich Elizabeth auf eine Diskussion über zu harte Strafmaßnahmen ein und unterbreitet uns damit sehr bemerkenswerte Rechtfertigungsversuche.

Doch weit höher bewertete mütterliche Qualitäten machten solche Übergriffe zuzeiten wieder wett. Da existieren noch heute fein säuberlich getippte, handschriftlich verbesserte Manuskripte zu zwei harmlosen Stückchen. Eines nennt sich *Das Abendbrot* – Evi, Liebet und Trix übernahmen die Hauptrollen, weitere Mitspielende rekrutierte die Autorin/Regisseurin aus dem im Schloß zahlreich beschäftigten Personal –, weitere trugen die Überschriften *Der Pastor am Teetisch* und *Wie man seinen Bernhard klein kriegt.* Theaterspielen erfreute sich größter Beliebtheit und kam gleich nach Verkleiden und Aufführen von Scharaden. Die einfallsreiche Mutter war am liebsten selbst mit von der Partie: Und *da wir außer dem Vater keine Zuschauer hatten, wurden die Büsten der griechischen Göttinnen, die sonst respektgebietend in den Ecken des ›Kleinen Salons‹ standen, mit Kleidern und Hüten versehen und neben meinen Vater gesetzt. Ich sehe noch Pallas Athene mit Hut und Autoschleier angetan, wie es damals Mode war*, erinnerte sich abermals das *Juni-Kind,* und auch an ganz persönliche Billetts wie diese:

Every Wednesday afternoon now I have a Kränzchen in the Treibhaus consisting of Liebet, Trix and myself and it begins at 4 with the most beautiful tea in the best of cups.

Mummy invites Trix to Supper
this Evening in the Flower House
at Seven O-clock after Supper,
which will be Bread and Milk, there will be a
Rehearsal of the New Play.
The Guests need not dress, but must come
in Furs and Galoshes.

Elizabeth's *Flower House*, das kleine Treibhaus im Garten, diente der Schriftstellerin, die ohnehin ihre Zeit zwischen Haushaltsführung, Familienaufgaben und Schreibtischarbeit sehr ungleich aufteilen mußte, als

Fluchtburg. Nur, wenn selbst der Freiluftfanatikerin bei Minustemperaturen das Treibhaus widerstrebte und wenn es ihr nicht gelang, sich rechtzeitig irgendwo im weitläufigen Nassenheidener Schloß unsichtbar zu machen, dann hatte sie *drei tobende Kleinkinder um sich*, ausdauernder als Mücken. Bald waren etliche der dreißig kleinen Finger im Tintenfaß gelandet.

So stellen wir uns am besten die Situation im Verlauf der bereits erwähnten Tage bis zum Osterfest des Jahres 1899 vor – nachdem das gesamte hochkarätige weihnachtliche und winterliche Unterhaltungsprogramm bereits abgespult war. Eine Zeit somit, wo erwartungsvolle Freude auf im Moosnest versteckte Ostereier nur für allzu kurzfristige Stimmungsaufhellungen sorgte und während der Elizabeth's Tagebuch zum Wetter zwischen dem 16. März und 2. April 1899 (Ostersamstag) folgendes vermerkte: *Grau, kühl, feucht. Bleigrauer Himmel über grünen Roggenfeldern. / Grau, windig, kälter. / Nordweststürme ... Schneeschauer. / Eisiger Wind. / Starke Schneefälle. / Sturm und Schnee am Vormittag. Am Nachmittag Versuch, im Schlitten nach Blankensee zu kommen, gescheitert wegen Schneeverwehungen. / Es stürmt und schneit. Babies durchnäßt, daher nachmittags im Haus. / Wind, harter Frost. Nur im Haus. / Düsterer Tag. / Windig und Schauer.*

Dabei hatte es schon einmal nach Frühling ausgesehen, Mitte Februar, als die Kinder mit Leberblümchensträußen zur Mutter gelaufen kamen. Am 9. März waren Graf und Gräfin Arnim, bei *brilliant spring weather*, nach Berlin unterwegs gewesen, im Savoy abgestiegen, zum Eisessen bei Kranzler und abends im Circus Busch. Auch darum wurde die Reise auf diese Zeit gelegt: Ostergeschenke galt es zu besorgen und etwas zu Trix' Geburtstag, der mit dem bevorstehenden Fest zusammenfiel.

Ende April, verrät uns wiederum Elizabeth von Arnims Tagebuch, war der Kälteeinbruch überstanden. In den Kästen neben der Verandatreppe blühten Tulpen und Hyazinthen, gleich daneben entfaltete der Pflaumenbaum seine Knospen, Teppiche von Veilchen und Anemonen überzogen sandige Böden lichter Birkenwälder.

The April Baby's Book of Tunes erschien im Herbst 1900 – gerade rechtzeitig zum Weihnachtsgeschäft. Eine deutsche Schriftstellerin, so wurde wegen des bislang durchgängigen Handlungsrahmens mitunter spekuliert, präsentierte damit auf dem englischen Buchmarkt ihren dritten Bestseller in Folge. Sie schuf damit ihr einziges Werk für Kinder: eine verspielte, nachdenkliche, mitunter kesse, ungemein reizvolle Arbeit, an der selbst Erwachsene ihre helle Freude haben können, wie Rezensenten damals schon feststellten. Unangestrengt kamen neben sprachlichem Können nun auch hohe Musikalität und exzellente Instrumentalausbildung der Autorin zum Einsatz: Elizabeth verkürzt den ihrer einstigen und heutigen Lesergemeinde bereits bekannten *April-, May- und June-Babies* die Wartezeit aufs Osterfest durch die Vertonung alter englischer Kinderreime. Indem sie diese Geschichte entwickelte, zeichnete sie einzigartige Bilder einer Mutter-Töchter-Beziehung, bezaubernde Impressionen aus dem Kinderzimmer, deren Lieblichkeit, es wäre nicht Elizabeth, durch kräftige kindliche Bosheit vor dem Abgleiten ins allzu Süßliche bewahrt wird. Die Originalausgabe wurde mit Zeichnungen der in England überaus populären Illustratorin Kate Greenaway ausgestattet.

Blättern wir nochmals im Journal der Gräfin. Dort lesen wir von dem echten *Juli-Kind:* Felicitas Joyce, geboren am 29. Juli 1899 in London, wiederum eine Tochter. Knapp zwei Monate später wurde es in Pommern präsentiert. Und wie dachten *April, May* und *June*, nein, Evi, Liebet und Trix über die neue kleine Schwester? *Die laß nur . . . hier sein*, lautete schon vorab deren unmißverständliche Drohung, *wir werden ihr den Lack schon abreißen!*

Unmittelbar nach Rückkehr der nun vierfachen Mutter aus England, man hatte sie mit Blumenkränzen überschwenglich begrüßt, wechselte unversehens die Stimmung: *21. September – Tee-Party für die Babies. 22. September – Ausflug mit Henning zum See. 23. September – Henning wird arrestiert!* Unter den Belastungen der kommenden Monate, während deren sie ihren Mann regelmäßig im Gefängnis besuchte, alles daransetzte, ihm zu helfen, sich vom Vorwurf des Betruges (er wurde von Mitgesellschaftern einer Stettiner Bank des Verstoßes gegen das Genossenschaftsgesetz und der Bilanzfälschung bezichtigt) zu befreien – was erst im Juli 1900 endgültig gelang –, und gleichzeitig ihre Sorgen vor den Kindern zu verbergen, schrieb Elizabeth von Arnim in Erinnerung an das vorausgegangene unbeschwerte Osterfest dieses zauberhafte Buch.

Kirsten Jüngling und Brigitte Roßbeck

Zu dieser Ausgabe

insel taschenbuch 1722: Elizabeth von Arnim, April, May und June. Titel der englischen Originalausgabe: The April Baby's Book of Tunes. With the Story of How They Came to be Written. Erstveröffentlichung: London 1900. Die deutsche Übersetzung von Angelika Beck erscheint erstmals in der vorliegenden Ausgabe, für die Kirsten Jüngling und Brigitte Roßbeck das Nachwort geschrieben haben. Umschlagabbildung: John Singer Sargent: Carnation, Lily, Lily, Rose. Öl auf Leinwand, 1885-86. Ausschnitt. The Tate Gallery, London.

Elizabeth von Arnim
im Insel Verlag

Alle meine Hunde. Aus dem Englischen von Karin von Schab. it 1502

Einsamer Sommer. Roman. Aus dem Englischen von Leonore Schwartz. Leinen

Elizabeth auf Rügen. Roman. Aus dem Englischen von Anna Marie von Welck. Leinen

Elizabeth und ihr Garten. Roman. Aus dem Englischen von Adelheid Dormagen. Leinen, it 1293 und Großdruck: it 2338

Liebe. Roman. Aus dem Englischen von Angelika Beck. it 1591

Die Reisegesellschaft. Roman. Aus dem Englischen von Angelika Beck. Leinen

Vater. Roman. Aus dem Englischen von Anna Marie von Welck. it 1544

Verzauberter April. Roman. Aus dem Englischen von Adelheid Dormagen. Leinen; mit Fotos aus dem gleichnamigen Film. it 1538

85/1/5.94

Englische und amerikanische Literatur im insel taschenbuch

Elizabeth von Arnim: Alle meine Hunde. Aus dem Englischen von Karin von Schab. it 1502
– Elizabeth und ihr Garten. Aus dem Englischen von Adelheid Dormagen. it 1293 und Großdruck. it 2338
– Liebe. Roman. Aus dem Englischen von Angelika Beck. it 1591
– Vater. Roman. Aus dem Englischen von Anna Marie von Welck. Neuübersetzung. it 1544
– Verzauberter April. Roman. Aus dem Englischen von Adelheid Dormagen. Mit Fotos aus dem gleichnamigen Film. it 1538

Jane Austen: Die Abtei von Northanger. Aus dem Englischen von Margarete Rauchenberger. Mit Illustrationen von Hugh Thomson. it 931
– Anne Elliot. Aus dem Englischen von Margarete Rauchenberger. Mit Illustrationen von Hugh Thomson. it 1062
– Emma. Aus dem Englischen von Charlotte Gräfin von Klinckowstroem. Mit Illustrationen von Hugh Thomson. it 511
– Lady Susan. Ein Roman in Briefen. Aus dem Englischen von Angelika Beck. Mit zwei Romanfragmenten: Die Watsons. Sanditon. Aus dem Englischen von Elizabeth Gilbert. it 1192
– Lady Susan. Ein Roman in Briefen. Aus dem Englischen von Angelika Beck. Großdruck. it 2331
– Mansfield Park. Aus dem Englischen von Angelika Beck. Mit Illustrationen von Hugh Thomson. it 1503
– Stolz und Vorurteil. Aus dem Englischen von Margarete Rauchenberger. Mit Illustrationen von Hugh Thomson und mit einem Essay von Norbert Kohl. it 787

Francis Bacon: Essays. Herausgegeben und mit einem Nachwort versehen von Helmut Winter. it 1514

Harriet Beecher-Stowe: Onkel Toms Hütte. In der Bearbeitung einer alten Übersetzung. Herausgegeben und mit einem Nachwort versehen von Wieland Herzfelde. Mit 27 Holzschnitten von George Cruiksh-
ank aus der englischen Ausgabe von 1852. it 272

Ambrose Bierce: Aus dem Wörterbuch des Teufels. Auswahl, Übersetzung und Nachwort von Dieter E. Zimmer. it 440
– Mein Lieblingsmord. Erzählungen. Mit einem Nachwort von Edouard Roditi. Aus dem Amerikanischen von Gisela Günther. it 39
– Das Spukhaus und andere Gespenstergeschichten. Deutsch von Gisela Günther, Anneliese Strauß und K. B. Leder. it 1411

Anne Brontë: Agnes Grey. Aus dem Englischen von Elisabeth von Arx. it 1093

153/1/11.93

Englische und amerikanische Literatur im insel taschenbuch

Anne Brontë: Die Herrin von Wildfell Hall. Roman. Aus dem Englischen von Angelika Beck. it 1547

Charlotte Brontë: Erzählungen aus Angria. Aus dem Englischen von Michael Walter und Jörg Drews. it 1285

– Jane Eyre. Eine Autobiographie. Aus dem Englischen von Helmut Kossodo. Mit einem Essay und einer Bibliographie herausgegeben von Norbert Kohl. it 813

– Der Professor. Aus dem Englischen von Gottfried Röckelein. it 1354

– Shirley. Aus dem Englischen von Johannes Reiher und Horst Wolf. it 1145

– Über die Liebe. Herausgegeben von Elsemarie Maletzke. Übertragen von Eva Groepler und Hans J. Schütz. it 1249

– Villette. Roman. Aus dem Englischen von Christiane Agricola. it 1447

Emily Brontë: Die Sturmhöhe. Aus dem Englischen von Grete Rambach. it 141

Edward George Bulwer-Lytton: Die letzten Tage von Pompeji. Aus dem Englischen von Friedrich Notter. it 801

Lewis Carroll: Alice hinter den Spiegeln. Mit einundfünfzig Illustrationen von John Tenniel. Übersetzt von Christian Enzensberger. it 97

– Alice im Wunderland. Mit zweiundvierzig Illustrationen von John Tenniel. Übersetzt und mit einem Nachwort von Christian Enzensberger. it 42

– Briefe an kleine Mädchen. Aus dem Englischen übersetzt und herausgegeben von Klaus Reichert. Mit Fotografien des Autors. it 1554

– Geschichten mit Knoten. Eine Sammlung mathematischer Rätsel. Herausgegeben und übersetzt von Walter E. Richartz. Mit Illustrationen von Arthur B. Frost. it 302

Geoffrey Chaucer: Die Canterbury-Erzählungen. Vollständige Ausgabe. Aus dem Englischen übertragen und herausgegeben von Martin Lehnert. Mit Illustrationen von Edward Burne-Jones. it 1006

Gilbert Keith Chesterton: Alle Pater-Brown-Geschichten. 2 Bände in Kassette. it 1263/1149

– Pater-Brown- Geschichten. 24 Detektivgeschichten. Mit einem Nachwort von Norbert Miller. it 1149

– Die schönsten Pater-Brown-Geschichten. Großdruck. it 2332

Daniel Defoe: Glück und Unglück der berühmten Moll Flanders, die, im Zuchthaus Newgate geboren, nach vollendeter Kindheit noch sechzig wertvolle Jahre durchlebte, zwölf Jahre Dirne war, fünfmal heiratete, darunter ihren Bruder, zwölf Jahre lang stahl, acht Jahre deportierte Verbrecherin in Virginien war, schließlich reich wurde,

153/2/11.93